长安文心书系

我岭上

孔明 著

陕西新华出版传媒集团
陕西人民出版社

图书在版编目(CIP)数据

我岭上 / 孔明著. —西安: 陕西人民出版社,
2020.7
ISBN 978-7-224-13625-8

Ⅰ. ①我… Ⅱ. ①孔… Ⅲ. ①散文集—中国—当代
Ⅳ. ①I267

中国版本图书馆 CIP 数据核字(2020)第 089846 号

主　　编: 宋亚萍
策　　划: 张孔明
责任编辑: 彭　莘
整体设计: 杨亚强
绘画导师: 曹　刚
绘　　画: 蒋懿琰

我岭上
WOLINGSHANG

作　　者 孔　明
出版发行 陕西新华出版传媒集团　陕西人民出版社
（西安市北大街 147 号　邮编:710003）
印　　刷 西安市建明工贸有限责任公司
开　　本 889mm×1194mm　1/32
印　　张 6.625
字　　数 150 千字
版　　次 2020 年 7 月第 1 版
印　　次 2020 年 7 月第 1 次印刷
书　　号 ISBN 978-7-224-13625-8
定　　价 42.00 元

目录

庄稼·人·秋

少时，常在田间地头听见老人感叹：“人呀，就和这庄稼一样，一茬一茬的！”不解，却搁在心上了。人到中年，仿佛是一个激灵，就醒悟了过来。唉，不做过来人，如何能理解过来人的话呢？那是家常话，却也是岁月歌，等回过味儿来，岁月已盘踞心头了。

自从把母亲送埋在了老家的黄土地里，这心就像风筝被扯住了线，总被拽拉着，遇到农历的节气，尤其是春节、清明、端午、中秋等等一些传统的节日，就坐不住了，想回老家去。回去的次数多了，心里的岁月感越发强烈：总觉日子就是日历，扯一页真就少了一日；总觉人生就像赶路似的，身后真有个催命鬼呢；总觉一辈人真像那地里的庄稼，一茬一茬的。

春节回了老家，地里有残雪，白花花的，像撒了一面坡、一道梁的棉花。眼看着就要立春了，风刮在脸上仍然像刀子，四顾空旷，树木枯立，沟壑一览无余。清明回去，就满目的春意和生机。放眼，田野变成了绿野，荒坡变成了绿坡，沟梁都穿了绿装似的，像新婚的娘子忽然丰腴了。房前屋后，不是桃红，便是李白，那金黄的油菜花格外醒目。一步一景，惊叹故乡跟图画似的。夏日回去，麦刚被收割，白花花的麦茬子还在，绿油油的苞谷苗儿已破土而出。休耕的麦地，不长庄稼便长草，草也绿得流油。树木茂密且茂盛，沟壑充实且充盈，堙没了坡塄，远望像湖海的波涛汹涌。心被吸引，走近，走进，视野骤然间紧缩，想象的空间却骤然间放大了。放在都市，年轻人必趋之若鹜而流连忘返。立秋之后，仍然闷热，没有一丝儿秋感，苞谷秆儿比人还高，树木花草长得依然欢实，一位老农却说："眼目下（眼看着）秋来了！"真来了！似乎是一夜风雨，秋就上树了，树上有了黄叶；秋就落地了，地上也有了黄叶。李白诗云："八月蝴蝶黄，双飞西园草。"那就是秋了。农人有一句口头禅："秋后的蚂蚱——蹦跶不了几天了！"揣摩这话，真是禅呢！

初秋，和几位老友去我的故乡转悠。不巧，大哥也外出秋游了，院门上了锁，只能从门缝里窥视了。却巧落了一场雨，泥土的地面松软，脚踩上去就是一个泥窝，人只能站在路边瞭望。老朋友都奇怪地问我："咋不见人呢？"是呀，我也奇怪，进村半天了，竟然不遇一个人。不用我解释，他们都想得来，村里还能有谁呢？精壮的劳力都外出打工了，能行的连老婆、孩子都带走了。老人多下世了，在世的也有跟儿女进城去住的，留守村里的真不多了。每次去给母亲上坟，眼见得墓园的墓一年比一年拥挤了，去年在村里遇见拄着拐棍走路的，今年极可能再也撞不着了！

大学一毕业，我就进了出版大院。那时候大院里的人分为"我们"和"他们"，我们在他们面前总被啧啧称羡："真年轻呀！”我们吧，并不感觉他们有多老，所以嫌弃他们倚老卖老。不嫌弃了，他们却相继退休了。起先不觉得什么，撞见他们，我喜欢说：“还精神很么！”是心里话。忽有一日撞见他们，却明显感觉到他们苍老了许多。见的次数越来越少，偶尔想起或说起他们中某个人，竟有旁白：“唉，走了多年了！”每年都能看见墙上贴了讣告，心一咯噔，又有老同事“走了”。起先还发感慨，渐渐地竟习以为常了。每年也都能收到请柬，不是同事、同学、朋友的孩子结婚，就是同事、同学、朋友给孙子过满月，红事比白事稠，真个后继有人呀！一个楼上办公吧，不知不觉间，上下楼梯、进出电梯的陌生面孔越来越多，越来越年轻，我知道，在他们眼里，“我们”已变成“他们”了！

“少年不知愁滋味”，是因为心里没有秋嘛！“天凉好个秋”，是因为人到中年，“一叶知秋”了。中年之心，譬如秋心，感秋容易感怀，秋收在望了，也就别有滋味在心头了。

及时雨

这一场雨虽然小了些，但及时，且准时。

春夏秋冬，四季有序。春降春雨，冬降飞雪，应该天经地义。但这多年，时令乖违，偏与人愿作对。时令在秋，过早地就秋雨带冷了；时令入冬，迟迟不见飞雪；小寒未至，寒冷先至；大寒来了，竟暖和得可着春装了。西安的今冬就乖谬得令人沮丧。初冬预报有雪，还真有雪，只不过雪到地上很快化了。盼望着天撒鹅毛，银装素裹，睡一觉起来，掀帘而望，路面果然若白，但不是雪白，是落地的雨雪蒸发了，又恢复了灰白。天气就晴好，晴空就蔚蓝，蓝空悬一轮丽日，人像是步入春天了。好景不长，渐渐天不蓝而灰蒙蒙了，日不丽而若有若无了，整日像是在喷雾，似烟不是那雨烟，似岚不是那山岚，是让人呼吸起来感觉到郁闷且呛鼻的霾。人都知道霾从哪里来，人都束手无策。西安是天然气化的城市，告别煤烟已经多年了，不料想煤烟是减少了，车的尾气却一直在日积月累，看看大街小巷的车流、人流，就知道空气为什么污浊了。西安要建国际化大都市，除了扩张地盘、楼盘，恐怕就是人口了。人口膨胀，车辆膨胀，消费膨胀，那前景会怎么样呢？ 二十多日前西安有过一次羞答答的飞雪，眼看要飞白地面了，又忽然不飞了。一位老者去公园晨练，遇上了雪，欢喜，偏不避雪，雪住了，身上的羽绒服落满了油腻的灰点，就像被鸟儿踏过。 一位记者从树枝上取了雪，装进矿泉水瓶子里，半小时后雪化，瓶底里竟是污腻的沉淀物。 一个孩子想玩雪，妈妈不让玩，说是雪脏。 孩子天真地问："妈妈，雪不是很白、很白的吗？ 你怎么说脏！"妈妈不回答，回答了孩子也不懂。 实际上，如今的过来人都不懂：雪是用来形容白的，怎么会脏呢？ 这一次古城飞雪真算得是蜻蜓点水，过后不几日，空气更恶劣了，许多人都在干咳，好像"非典"来了。 西安人，太渴望雪了。

雪没来，雨来了。 雨也好。 不能和天较真。 就说二十天前的那一次飞雪，听说还是用炮打下来的。 这一场雨十几天前就有预报，开始还是小雨和雨夹雪，后来修正为小雨了。 预报很准，就是细如牛毛花针的小雨，与春雨有点仿佛。 雨裹挟着冷，但不足够冷，要不然就飞雪了。

这雨真是个好，起码是那游荡充盈了天空的霾被驱除了，空气又恢复了本来的清新。 马路上依旧车流滚滚，但灰尘已荡然无存，车后的尾气也可忽略不计了。 路边的树木依旧枯冷，却精神了许多，起码不让人厌倦那一副灰头土脸了。

我忽然想，老天爷还是蛮可爱的，不可爱的应该是我们人类。 地球还是这个地球，宇宙还是这个宇宙，太阳依旧，月亮也依旧，万里星空更依旧。 可丽日何以不丽了？ 明月何以不明了？ 满天的星斗何以不见了踪影？ 恐怕我们人得扪心自问了。人越来越多了，人均的空间当然越来越小了；人欲越来越大了，人的幸福指数自然越来越小了。贪婪者贪得无厌，掠夺者欲壑难填，人人都在透支明天，天天都在攫取未来，温室效应有增无减，河流不是枯竭就是污染，雨水已经不能直接饮用了，人与大自然的和谐化作蝴蝶春梦，而春天正在与人类挥泪告别，威胁、危险像魔咒一样挥之不去，人类已经没有了既往的安宁、安全、安生，只能在穷于应付中编织梦想的神话了。明天！明天！人的欲望不遏止，明天还敢想吗？明天还用想吗？

这一场雨是准时、及时地降临了。可下一次雨呢？下下一次呢？需要雨的时候不下一滴雨，不需要雨的时候，偏是连阴雨、缠绵雨，淫雨加暴雨，这就是灾了。就像这样的冬天，不降一场像样的大雪，算不上灾，却也算不上福吧？要知道瑞雪兆丰年哪！

千枝柏

小时候，满脑子被灌输了迷信，确认世间有鬼，鬼就住在坟里。我家的祖坟在一面缓坡上，面朝北。几疙瘩丘，丛生几疙瘩荆棘、野草，被一堆可拥可抱的柏树、楸树簇拥而拱卫着，四周围绕了一片竹林，人叫竹园。虽听说那是我家的祖坟，我却不敢走近。我怕那一堆老树，尤其怕那一疙瘩黑的千枝柏，像极了一疙瘩鬼的聚集。方圆几十里，少见这样的柏。我怕，我更骄傲，喜欢向玩伴们炫耀。玩伴们羡慕，却也挤眉弄眼说："是你家的千枝柏，可长在人家红岩子的地面上！"红岩子是另一个村，和杏树凹子（我的村）连畔种地，却归属了两个公社（乡）。为什么会这样？后来才知道，人往高处走，我家就因为搬到了高处，农业合作化时归属了杏树凹。高处叫立坡明——早晨坡上头已黎明了，坡底下还黑暗着；后晌坡底下已黄昏了，坡上头却豁亮着。

小时候和玩伴割草、拾麦穗，常常看见千枝柏。不敢走近，却也舍不得走远。村里有年龄大、胆子也大的玩伴敢穿越竹园，踅摸到千枝柏跟前割草。半尺高的草稠密得像春深的麦子，镰伸不进去，进去了一搂，就搂倒一堆。 却惊飞大鸟（应该是野鸡），哗啦一下奔出，飞远，吓得我们毛发直竖。 也会惊走隐栖的野兔、黄鼠狼或者狐狸，反正是四蹄跑的动物，倏忽蹿出，倏忽匿迹。 我心里不悦，觉得那是我家的坟，也是我家的草。 大鸟被惊飞，坟里的魂能安宁么？ 不满在心里，却无奈。 我已经知道那坟说是我家的，其实已没有意义了，或者说只能是名义上的了。 坟跟前有路，过往的人可以任意去竹园里揪叶子泡水喝。 竹园被耕地蚕食，竹林眼看着萎缩，若非碎石瓦砾阻止，可能早已不见竹影了。 人接近了千枝柏，却仍敬畏着，传说阴森森的柏垛里盘踞着蟒蛇。 我一直信以为真，所以正眼望一下就心悸，更别说去割草了。

千枝柏常绿，四季里冬日最怵目。 其他树虽然高大，却比不得千枝柏独尊，远远看，真像鬼魅的现身。 一个人走路，绕远了仍心有余悸。 月夜，烟腾雾罩的白天，那影影绰绰让人联想到魔域。 我真希望那里是魔域，人都敬畏，这样我爷就用不着牵肠挂肚了。 他老人家的心里是有祖先的，祖先里更有他老人家的父母。 我爷一生最伤心的是父母过世早，去时只背了一卷破席。祖上肯定不富裕，去世时背的不是破席，就是简陋的白木板，箍墓（用砖把墓穴包起来）是不可能的。 祖坟里的树怎么这般粗壮呀？ 千枝柏怎么这般葳蕤呀？ 我是有疑问的。 村里有个老人回答过我：“你坟里脉气旺么！”我后来想，与其说是脉气旺，毋宁说是土肥沃。 人是碳水化合物，见土就化的。 树根扎下去，人不就“化”到树上了？ 人化树，树化人，祖坟里的树可不就是祖先的化身了？ 那树上至少是有魂魄的，魂魄就是鬼。 人怕鬼，所以敬而远之；人心里有鬼，所以就有了禁忌，轻易不进人家坟地，进了也要念阿弥陀佛的。因了这个缘故，古人即使远走他乡，坟和坟里的树是不会被轻易侵犯或者侵占的，除非隔世久远，真成了荒坟野冢。坟里的树越粗，坟就越老，证明香火越长久。坟树俯瞰的是人世的沧桑轮回与生离死别。

忽一日来了“平坟运动”，村里的坟一夜间被刨树挖根，坟疙瘩也就一夜间被铲平了。怪在连畔种地，红岩子村的坟却未动一草一木。平坟，忌口。邻村为什么不平坟？老者摇头，一声叹息，顶多来一句：“世事说不清楚。”但我家的坟并不安然无恙。先是有人举报，邻村人砍伐我家坟里的树，随即我村里人愤愤不平，鼓动我妈出头，也伐了几棵柏树和楸树。后来坟里只剩了那棵千枝柏，一直孤立独守，算是先人最后的卫士。我上大学后回来，那棵千枝柏不复存在。过了若干年，坟和竹园都变成了地。又过若干年，那里滑坡，我已找不到千枝柏所在的位置了。

千枝柏却留在了我的记忆里。千枝柏似在一直提示：我家是有一块坟园的，那里埋着我的祖先。但提示又如何呢？埋着就埋着吧，黄土里还埋皇帝哩。皇陵豪华显赫，照样被盗掘；楠木棺、玉石椁也阻止不了尸骨被抛荒撂野。这样想来，平民百姓入土为安，哪怕化作了土，长成了树，树已荡然无存，仍然还算“为安”。秦腔名丑阎振俗离世时说：“地球原是一堆土，人来人去是轮流。如果赖着都不走，压扁地球没处蹴。”如果家家都占着一块坟园，都要栽了树，都百代千代地延续不毁，地球岂不要变成坟球了？那活人还往哪儿蹴呀？

千枝柏是不在了，就如同祖坟不在了一样。我不惋惜，只是借助文字抒发一点思绪罢了。

少年梦中月

国庆中秋，连续三晚，都与朋友赏月。大明宫月与白鹿原上月，勾起我的少年梦中月。

苏东坡词曰："人生如梦。"人到中年，果然有了做梦的感觉。往前看，茫然多于豁然；往后看，怅然多于欣然。但也不尽然。曾经阅历的、拥有的，不知不觉中任其流逝，并无惋惜；蓦然回首，却发现那曾经不以为然的，才是真正美丽的。别的不说，就说天上这一轮月。春夏秋冬，周而复始：月落月出，月圆月缺。李白诗云："今人不见古时月，今月曾经照古人。"实际上，今人不是古人，今月却是古月。李白何在？李白把酒问月，月还在天上。面对明月，问一下自己：我还是少时的我吗？不是，当然不是。可月还是少时的月，只不过此一时也，彼一时也，月在心目中，已今非昔比了。

我的故乡在横岭上，被秦岭半拥半抱；我的少年在故乡度过，是被月光半拥半抱。月亮对我，可以说"爱你没商量"，而我多半的少年之梦都在月光之下。能跑会走后，与玩伴们最开心的是有月的晚上，追逐，嬉戏，捉迷藏。安静下来，席地而坐，听老婆婆说曲儿：“月亮爷，明晃晃，娃在河里洗衣裳。洗得白白的，捶得硬硬的，打扮干净出门去！”并不琢磨曲儿的意思，却对明晃晃的月亮有着心灵的附和。只有在明晃晃的月夜，玩伴们才会被解放出来撒野、撒欢，在地上翻猫娃跟斗；只有在明晃晃的月夜，一家人才会坐在大场上剥苞谷，从月亮在山顶剥到月亮在头顶；只有在明晃晃的月夜，父亲才会从镇上踏月归来，永远不空手，不是好吃的，就是好玩的，比如黑头的蝈蝈。秋收也是抢收，怕雨水多耽搁，更怕推迟秋播。在明晃晃的月亮下，忙奔了一天的农民手脚不得闲，喝一碗汤，捏两三个馍，又忙奔庄稼地了，或掰苞谷，或割豆子，或拾棉花，坡地要挖，平地要翻，都是活儿。娃们就被放羊了，不瞌睡不上炕，月光下偏就不瞌睡。

我是留意月光的。晚上喝多了，起夜，就贪了月光，从窗缝、门缝看，惊讶那一地的白和一望的树木月影。有一次住玩伴家，屋顶上白光光的，竟是月！惊羡，却不知道这是房屋老旧失修，开“天窗”了，必须修补的。喜欢一个人在月光下绕了村庄走，惊叹我走月也走。走到空旷的大场上，驻足，远望，凝望，心驰神往，胡思乱想。月光再亮，远了朦胧模糊。山的轮廓，是神的隐蔽；柏的散落，是鬼的聚会；树木覆盖的村落，不知隐藏了多少阶级敌人？那是阶级斗争的年代，孩子的脑海里，也是绷着阶级斗争这根弦的。最神秘的当然是头顶上的明月，嫦娥真在上边住吗？真有白兔在捣药吗？真有房屋如人间吗？也寻思，也纳闷：月亮那么好，为什么只有嫦娥奔月呢？已经背李白的诗了，李白说：“俱怀逸兴壮思飞，欲上青天揽明月。”明月能揽吗？大场是挨着官道的，听见咳嗽，我也咳嗽，这是大人叮咛过的。咳嗽，是过路人要进村了。如果不咳嗽就进村，极可能吓了村里人，被疑是狼，那就停等着被偷袭了。听见咳嗽不咳嗽，那也会吓着过路人的，被疑是鬼，等候着害人呢。月夜遇到陌生人，孩子是不搭话的，万一不是人呢？村里人迷信，一个人在月下站立，是需要胆量的。我的胆量只是立在空地上，并不敢立在树下或者墙旮旯。

农闲时候，方圆里唱戏，或者放电影。清白月夜，远近都去的，三五人结伙，孩子也结帮。手里拎个木棍，迎着落日去，为的是占个好位置；踏着月光回，听大人说话，看着自己的影影走路。不敢东张西望，黑疙瘩里都是坟，里边睡的都是鬼。路边是沟，一沟的树，一沟的黑，不知狼隐蔽何处，却知狼是怕人群的，何况手里还有棍。吃了豹子胆，也不敢一个人走。我暗服一个玩伴，人家晚上偏一个人走。他是偷鸡摸狗的高手，没有被逮住过。我确信，他一定是吃了豹子胆的。月光下走路，怕，却依恃大人，并不真怕，胆量就这样慢慢有了，刺激也这样获得了。

谁会把月当回事呢？谁会把空气当回事呢？故乡人终年都在忙碌，罕见有人坐在门口、村口、路口赏月。如果有人孤独地坐在月下，不是想事，就是等人。在故乡人眼里，月是无须赏的。嗨，月就在那儿，不留神就扑入眼里了，谁稀罕呀？稀罕的是月明白的夜晚，不用灯亮了。记得有一次走夜路，走上梁了，眼前浮现了一轮金黄，走在前边的人肩膀上骑着孩子，孩子指着月问：“好看不？”父亲答：“好看！”美好的心情是在故乡人的心里，不轻易说出口罢了。

上学盼着明月，这有个缘故。老师鼓励学生上学早到，为了早，不等天亮就起身，家离学校有一段路呢！ 窗口亮着，明知是月光，也起身了。 三五个娃结伴儿，踏着月光。 不必赶路，倒有心情看月了。 凌晨的明月，那是真好！ 走到了学校，女老师还睡着，且不惊动，动手打扫教室。 女老师刷牙的时候，教室里已窗明几净了。 月光还在头顶上，就在月下读书。这一天上头节课，老师必表扬。 为了这表扬，我不知道踏过多少次月光来上学。

有一年秋，去父亲的供销社小住。 大院里集中了一堆煤油桶，被偌大一块帆布苫盖了，形成了一个帐篷屋。 下午，天蓝如洗。 我心血来潮，踅摸上了篷顶，抱着一本浩然的《金光大道》读起来。 眼累了，就看蓝天上的走云。 云白得像一疙瘩棉花，心也随着云轻飘了。 竟睡着了，醒来是一轮满月，明亮而大，逼近了我，好似要砸下来。 我奇怪，自己怎么会在月下呢？ 揉一揉眼睛，那真是月吗？ 抑或我正在做梦。 自己拧了自己大腿，真不是梦。 就喜欢了，目不转睛地赏月了。 忽闻耳边人嚷嚷，听清楚了，竟是寻我！ 我急忙溜下来，始终不敢告诉我是藏身在帐篷顶上。

上了大一，寒假的一个雪夜，我突然想出去走路。 我裹了一件黄棉军大衣，围巾护严了脖颈和耳朵。 头热，让冻着。 雪未完全消化，日落后又冻凝了。 我踏着积雪，咔嚓的声音好像不是来自脚下，而是来自心里。 心忐忑了多天，想她。 走出村的时候，我才发现天上孤悬一轮满月。 月冷吗？ 天上没有一丝云，只有几颗寂寞的星。 月亮肯定也寂寞，尤其是在这冰天雪地的季节。 她是先我一站下火车的，从火车上目送她走远，那一串雪地上的脚印留在了心里，心就不宁静了，一直走神，一直恍惚。正是敏感又冲动的年龄，却装作若无其事的样子，其实一切都在脸上。一个人在温暖的被窝里想，并不比在寒冷的月光下想好受些。怀揣的秘密宁愿被月窥视。心里默念着“千里共婵娟”的句子，却不能想象她此时此刻做着什么。夜已经很深了，或许她已经在温热的梦里去幽会了，只不知道那个人会是我吗？我盯着明月，盯得眼疼。我心有明月，月心有我吗？这一夜还是失眠了。

回想少年时代，月光下的散步几乎都是自作多情。月亮无心，少年多心；月亮无梦，少年多梦。相思，单相思，长相思，与月无关，与心相关。一首诗，一阕词，一段文，读出了失意，读出了伤感，读出了惆怅却难以排解，就寄望于月了。心生欢喜，一钩月，一味禅；心觉沮丧，一轮月，一行泪。

岁月就是月，升落圆缺，谁阻止得了呢？喜爱，不喜爱；在意，不在意；惦记，不惦记，岁月还是个挽留不住。李白说：“弃我去者，昨日之日不可留。”那就让去吧！至于赏月，不过是在回味中多给自己些念想罢了。

那纷纷扬扬的雪花

已经很少见这样纷纷扬扬的雪花了，起床后一直站立客厅，欣赏飘窗外的树枝渐渐地变白。在都市，这院子已足够大，但南面的楼却挡住了视野，不能放眼，这便是都市赏雪的局限了。等到雪霁晴空的日子，站立楼顶上，就能看见南山银装素裹。但等不及了，记忆的拷贝已经在脑际显现动漫的图像了。

总有这样一场雪刻骨铭心：门敞开着，门里放一盆木炭火，火上放着铁壶，壶里的水一直在咕嘟，壶嘴冒着白的蒸汽。父亲和几个村人围炉而坐，端着滚烫的茶，说着没有主题的话，眼睛总是瞅着门外。雪一直往屋里飘，门口已经落白了，门槛上积雪有半拃高。盈耳的吼叫——我那时候小，想不来吼叫的是风，还是雪？是树，还是人家的房屋？天地间只有了一色的白，不似在下雪，是老天爷在弹棉花，却被风搗乱着，棉花被撕扯，被抛撒，所以没有了舞的优美，倒是见识了什么叫蹂躏，什么叫肆虐。我是爱这雪的，却憎恨了这风的肆无忌惮，使我们孩子不能到冰天雪地里自由奔走，不能在雪面上就地打滚，不能把雪团在手上，团成雪球，团成冰块，放嘴里去含化。但大人们却面露喜色。 他们的想法总和孩子不一样，孩子们总遭呵斥。 我的一个玩伴两次跑出门去，两次被他父亲鹰抓鸡一般拃了回来。

总有这样一场雪在我梦里反复出现：我上大学的第一个寒假，要过年了，年三十那天一直飘着雪花。 真喜欢这雪呀，一个人在许庙街上漫步，任雪花在脸上飘落。 街上赶集的人很多，都是匆匆忙忙的脚步，都在置办年货，购买着过年的喜悦。我感觉自己是行走在除夕赶集图画里，自己就是图画里的魂魄。不，正是思春的年纪，自己是在寻找自己的魂魄。 有所思，有所期待，也有个预感。 梦里人是谁，并不清楚，却明显地有个暗恋，有个暗许，甚至有个暗里的魂牵梦绕。 人这样行走真好。 雪花在飘，人影在动，多半的脸都被包着、盖着、掩着、遮着。 喜欢瞅那鲜艳夺目的衣服，喜欢打量那红红绿绿的包巾，喜欢想象那包巾里的脸蛋，喜欢一声熟悉而悦耳的脆叫，叫的是我的名字。 这样想着，算是想入非非吧？ 却真有人叫我的名字，声音真就脆脆的，熟悉而悦耳，使我不回头就知道了是谁。 我当然急着回头，果然是她！ 即使头脸被裹得严实，即使棉衣、棉裤臃肿了她的身腰，我仍认出是她。 这就是暗恋吧？或者是心有千千结？ 她与众不同，包巾反流行色，淡淡的蓝，衬托淡淡的白，蓝白相映成蓝天白云的写意。 出乎意料的是她的手褪出了嫣红的手套，露出白嫩的五指，使我确信那就是纤纤玉指。 我的心一缩，手却没有犹豫去接握，但惭愧了我的胆怯与保守。 这一握给了我胆量，使我邀请她的时候未假思索。 她不拒绝，就跟着我，在行人中穿梭。 这时候，我的眼里已经没有了飞雪，只奇怪着她为什么不逃避、不自卑、不羞涩。

她跟我进了一个院子，没有人影，也没有人眼吧？地上已经有浅浅的脚窝了。我领她进了父亲宿办合一的房间，寒假里我一直在这儿住着。她坐在床上，我坐在椅上，门半掩着，风把雪花不时地送进来。房间逼仄，距离她也就一臂之遥吧，她的哈气就扑到我的脸上，绵绵的，舒坦了我的心。包巾已经解开了，她的脸比以前更嫩白、温润了。我不知道那是不是鹅蛋脸，因为我没见过鹅，自然也就没见过鹅蛋。在我眼里，那就是个好看。我只看她的脸，她就红着脸，越发好看。不能说我无动于衷，只能说我不敢轻举妄动。我那时候还未过十八岁生日，心中渴望着，却也抵抗着；一边在挣扎，一边想挣脱。她的话比我多，我的心我知道，我是在倾听中感受着一个少女的神秘与坦白、诱惑与美妙。有几次和她的眼睛对接，她眸子里的那个人影是我吗？我的眸子里也一定有个她！我想起了一个成语：暗送秋波。我却觉得她的双眼里，饱含的不是秋波，是两汪含情脉脉的春水。

风推开了门，雪花变成了鹅毛，地面上已没有了我们刚才留下的脚窝。她起身要走。雪下得正大，她却不得不走，我寻思：这就是人生呀！我没有理由挽留，我只有理由护送，送她一段很长的路。她走在前，我走在后，这就是送。这样走，我很满足，真希望一直走下去，走出街道，走向田野，走进梦里。她不阻止我送，我就一直跟着。风太大了，说话已经多余了。送过桥就是她的村子，我就不能再送了。好在雪帮忙，没有眼睛注视这风雪里的桥头走着一对少男少女。我转过身，她却跟着，过到桥这头，我又送她到桥那头。来回了多少次？默诵着“杨柳依依”的诗句，却不能和她继续“依依”了。分别的时候很是不舍，却不知道该如何做最得体。她说她会给我写信。在大学四年里，收到过她上百封信。岁月是人生的档案柜，她的信早已尘封其中。落花有意，流水无情。

飘落心田的雪花只会慢慢融化，心灵也就一直被滋润着。儿时，故乡，陶醉和记忆总离不开雪花。上小学的时候，常常有惊喜：睁开眼睛，打开窗扇，雪涌了一院子，院墙肥厚了，树枝丰满了，一疙瘩一疙瘩的白。挣脱母亲温暖的怀抱，迫不及待地开门出去推雪、堆雪人。家家户户都是孩子们先跑出门，推雪的目的就是堆雪人。雪厚得埋没了鞋脚，一些玩伴就不想上学了。我偏要上学去，去挣老师的表扬。到了学校，老师说，课改成劳动了。老师就指挥着学生，把教室门外的雪推开、扫净。如果雪纷纷扬扬个不停，就继续回教室上课。教室是借农家的房子，四处露风，就有雪花飘进教室，靠门、靠窗的木板（就是书桌）上能落白一层。好在上学的娃们不到一半，大家就集中到教室中央，任风那个吹，任雪那个飘。有一年踏雪上学去，沟沿的路被雪加宽了，一脚踩空，放了飞机。老师闻讯赶来，扔下来一条胳膊粗的官绳（生产队的麻绳），绳头扎了一个圆环，从头上套到腋窝下，两手抓死了绳，被老师和同学们拽了上去。老师是个老者，平日慈祥，那一日过后却严厉训斥我不听他的话。老师是说过，雪天走路，要远离沟沿。我自知有错，写了检讨。

雪纷纷，思纷纷，我想我的母亲。有一年冬天，母亲去赶集。中午饭后，我就在大场上徘徊。大场连接着大路。开始飘雪花了，我唱着“北风那个吹，雪花那个飘”，心却一直担忧雪阻碍了母亲的归程，很悔没有死拽着母亲的手。母亲是带了自己织的布，去集上换黑市粮食。父亲在集镇上工作，母亲常常说话不算话，到黑都不会回来。母亲总有理由，我不希望下雪会给母亲一个理由。那时候虽小，心里却已有了“怕”：故乡多坡多沟，路弯而陡，怕母亲回来滑倒；故乡多树，树茂密而阴森，加上庄稼地深不可测，怕母亲回来晚了遇到狼；故乡的路边多坟，小时候被老人灌输了迷信，相信世上有鬼，怕母亲一个人走路撞见鬼……总是胡思乱想，总是自己吓唬自己。便不肯离开大路口，巴巴地望，望眼欲穿。黄昏了，场上雪已厚，雪反而下大了。我婆喊我喝汤（吃晚饭），我犟着不肯回屋。我恨了母亲，又一次食言了。天黑严了，恨恨地回屋，睡着委屈，两眼泪汪汪地进入梦乡。醒来，雪仍在飘洒，地面的雪厚得要超越房阶了。玩起了雪，暂时不恨母亲了，且等她回来“再算账”。母亲真回来了，高兴还来不及呢，倒把算账的心思抛到九霄云外了。母亲已不在人世了，看见雪花在飞，就有亲情被唤起，泪花就像那雪花一般纷纷不止。人生在世，会有许多痛，失去了母亲，才知道什么叫真痛。

在飞雪的日子，我会想雪的好处。天地一色白，人间真净静了。自然了，有一炉火，才有一腔赏雪的心境；有一身暖和的衣服御寒，有一间温馨的茅屋栖身，赏雪才会成为可能。故乡初冬一场雪，白被子几乎要捂地一个冬，捂到春，背阴处甚至捂到初夏。有一年麦熟口，去北沟拾麦穗，就看见过沟窨里的积雪还那么厚，老人说要消到伏。初冬盼雪，不只是孩子，大人比孩子还要迫切。村里人说：“下雪是下面呢！”我的理解，就是瑞雪兆丰年吧？白白的雪，确实使人联想到麦面的馒头。低标准年代，最诱人的就是雪一样白的面条、馒头。雪容易使人联想到年，怪在只要过年，多半有雪飞舞。年的诱惑是鞭炮、好吃好喝和压岁钱。村人说，一场雪，年就近一截子。孩子们盼过年，就盘算下了几场雪。除夕，雪花在飘，家家的烟囱在冒烟，门口在贴红对子，墙壁上在贴新年画。我稍大的时候，喜欢年三十晚上出去，看地面上的白，看灯光里的飘，盼着雪大起来。村里只要头炮响，噼里啪啦的声响就此起彼伏了，人不出门，就知道谁家的炮声大，响得时间长。穿新衣，从枕头下摸出新的角票，揣怀里。门开处，一疙瘩雪从门框上掉落，雪是真下大了。先点响自家的炮，再去追着响声跑。天亮时候，那碎红遍地的炮屑，多像是开在雪地里的花呀！

对故乡飞雪的记忆是怎么消失的，已无从说起了。“少年心事当拿云”。从挣脱家乡的那一日起，家乡就变成了故乡，故乡又依赖于追忆了。即使回故乡去，感觉是魂走，不是腿走，腿是走不回去了。三十年别离，三十年变迁，故乡下过多少场大雪？那种纷纷扬扬的美感、力感、乐感，只有身临其境，才能真正拥有。风来，云来，雪来，先是零星坠落，渐渐地就像撒盐、撒面、撒银花了。居高临下，目无障碍，那一种空阔、浩荡，是怎样一种自由、舒畅啊！婀娜多姿与玉树琼花，一动一静，美到极致。山披白了，是另一种巍峨；岭蒙纱了，是另一种风韵。飞雪，是上天对人间的一种眷顾吧？

此时此刻，雪花依旧纷纷扬扬。虽然不是故乡的，却也是上天的。谢谢天，飞雪使我有了回味人生的心情。

访隐终南山

是个星期天，一伙朋友相约去走终南山。说是走，也是有约在先的。去的有男有女，有强有弱，有看见山就投怀送抱的，也有看见山就迈不开腿的。既然是休闲，就随遇而安吧。三辆车一溜儿跟进，依山的公路畅通无阻，山清水秀扑眼而来，车停哪儿都是风景这边独好。一个拐弯，一个草坪，前车戛然而止。朋友们一个个现身，握手，眼睛都东张西望。见一位男士玉树临风，迎立风口，一顶草帽，一身农人的打扮，却不像农人，像道士。周兄向我介绍，说他姓贾，过去的诗人，现在的隐士，寄身在此处，种地读书。又向他介绍我，他与我热握，连呼“老师”。我笑道：“过去的诗人，现在还是诗人。不能说过去的女人，现在就不是了。”众友大笑。

贾隐士优雅地伸出手，做出上山的指示。下一面草坡，过一座独木桥，出现了一条可行三轮车的沙土路。贾隐士说，上山有捷径的。便不走了那条明显是路的路，偏走了一条不像是路的路。有点陡，却也有点攀缘而上的意思，有树枝可以抓握，有石头可以踩踏，还有回眸便居高临下的感觉。女士陈君自谓第一次登山，我纠正她：“是走，不是登。”但对她来说，就是登。来前她听说是走山，便以为只在山下行走，沿河两岸绿，顺道一脉清，便穿了刺绣的真丝便鞋。她说：“苦吔，山这样高！”贾隐士回头：“高吗？”说他住在上边，一日多少来回，气都不喘。陈君已喘气了，也自然落后，大家说笑着等她。走走停停，步入了一个阴凉界，树木苫蔽了几间房屋，檐下有农家乐的招牌。周兄说，就在这里歇脚，享受清凉，给肚子补充一些绿色能量。大家无异议，奔向一处幽境，树木遮住了蓝天炎日。一方木桌，一围木凳，一圈食客。顶上，啾啾鸟语悦耳；脚边，汩汩一脉清溪。都说那流的是真正的矿泉水，我掬饮了几口，陈君说：“现在倒计时，六十分钟后无反应，矿泉水合格！”说着抬起手腕看表。

席上，贾隐士向周兄敬酒，说：“周老师是我的恩师，是我唯一敬重的老师！”一饮而尽。众人都被他叫过老师，闻言颇不惊愕，都微微示笑。隐士嘛，方外高人，言语庄重，理解万岁。也都与贾隐士一一碰杯。我以茶代酒，众友知我，偏以言语难为我。女士韩君说：“孔老，人生在世，情趣二字。你不烟酒，如何解得情趣？”我笑道：“你只知烟酒情趣，却不知不烟不酒的情趣。”韩问：“情趣何来？”我答：“情趣不都在烟酒里。”大笑。吃喝总得有谈资，我说：“最近走大明宫，走出了一些感悟。譬如慧能的那首偈诗：‘菩提本无树，明镜亦非台。本来无一物，何处染尘埃。’我另有了心得，与大家分享。乔答摩·悉达多于毕钵罗树下成佛，被尊为释迦牟尼佛，毕钵罗树被尊为菩提树。菩提，觉悟也。老子说：‘名可名，非常名。’菩提就是个名儿，当然可以说不是树。明镜，哈哈，观照自我，不就是孤芳自赏吗？ 幻影而已，当然不能说是台。 这样理解，那首偈诗是否豁然开朗了？”在我笑谈中，贾隐士几次插话，显然要和我辩论。 我笑道：“今天是散心来了，不是问道来了，咱不讨论，行吗？ 我也就那一说，你也就那一听，别较真！”过后，我坐水边看鱼翔浅底，贾隐士的影子接近了我，仍然要继续那个话头。 周兄的影子也移近，发声：“上山吧，不敢耽搁了。”一位女士戏水正乐，自言自语：“还上呀？ 我以为就这儿了。”话从水面飘过来，我又掷过去：“难道只为了吃？”

终南山的风景，高一丈，不一样。 天蓝得出奇，云白得不是了白，是棉花疙瘩被撕碎了，轻浮炫耀，显摆高洁。 峰峦似拱手，又似颔首，仿佛近在咫尺，贾隐士说走一天也未必能到跟前。 我认出了人头峰，那一年走扯袍峪，一路走高，和人头峰合过影。 终南山有七十二峪之说，实际上山外有山，峪内就有峪，没有个准数。 唐代，终南山俯瞰都城长安。 终南捷径，不是通向深山——山里何处算捷径？ 而是通向朝廷，隐居终南，或可做官。 我等虽非化外，却也清闲自得。 一缕清风，一眼清绿，一耳清寂。 赏山之清秀，阅水之清明，看天之清朗，品茶之清香，身临终南山，便拥有终南山，不知足而何？

又是谈笑间，望见了从林掩映的屋檐，似乎冒着炊烟。 常人登山，多是奔房子而来，我等俗人，随遇而安，岂能超然物外？ 记得一位女士问过：“咱这是到哪儿算是到呀？”贾隐士答：“庙！ 上边有庙！”果然有庙，新修的，已悬挂了大雄宝殿的牌匾，但门被锁着。 我说：“礼佛，就在门外吧！”一位女士窥视门缝，说：“没有佛呀！”我说：“礼佛本来就是礼自己，你就是佛！”她咯咯笑，声像纯银掉到了石板上，反弹上去，与铛铛交相配合。寻声仰望，蓝空飞檐上，悬一枚风铃随风摇摆。那位女士说：“好听！”我说：“这是梵乐，真到佛天福地了。”轻薄的云透视日的白，我说：“那是佛日！”那位女士仰脸，脱口而出：“怎么会是佛日呀？”天问，无须答案。再往上走，一拐弯，豁然间不敢相信了两眼：“这是到天上了吗？”天造绿门，被藤簇拥，藤又缠绕了篱笆，辟出一院洞天。肃然起敬，神往而轻移脚步，款步拾级而上，一条狗迎来，尾巴摇得生欢，楚楚可怜，女士们争相亲近、亲热，掏出吃食就要款待。一脉清溪，聚集一摊清澈，生长了一团清莲，粉红的花苞半隐莲叶腋下。一树桃，一树李，一树梅，不是盆栽，胜似盆栽。走动着几个婀娜女子，各有姿态、姿色，看见我们微笑、窃笑。走高，迎眼一壁石龛，对着一尊石儿，配了几方石凳，凳上放了垫子。一男清俊，赤足，长须，端坐主位上，像在独品。看见我们，乌黑的胡须掩映了似笑非笑。贾隐士说，他是道长，正在等候我们。并不寒暄，一一落座，我无话找话：“这儿冬天怎么过？”道长沉吟作答：“自有过的办法。”殷勤添茶，答非所问。我仍想搭话：“您住山多长时间了？”道长沉默，回答得勉强：“很长。”话不投机，周兄、雷兄先离席，我也坐不住，便起身，说是看看仙境。确实是别样的造化，别样的景致，清幽，清泉，还有清乐，却不拒绝人间烟火。土屋，石屋，茅屋，各自独立，又相互依附，高低随地势。树梢上悬挂了花花绿绿，还有小孩的尿布；石头上晾晒了煮熟的土豆片或绿菜叶。曲径通幽，幽处竟是厕所，鲜花簇拥。清泉石上流，可以走近，却不能逾越，绿树隐蔽了篱笆和栅栏。临幽远眺，树冠荫庇了几间房屋，一位道士打扮的青年端坐门首，目不斜视，正在吹竽，声渺茫得若有若无。返回品茶处，不见了道长。周兄手指，只见高处一亭翼然，玻璃围护，道长正与几位女士盘坐而茶道。久候不见出来，只能咳嗽，竟无一人回应。在绿门口徘徊等候，喊叫，依旧无一人现身。我笑道：“胡子的魅力巨大呀！”且看莲潭，俩女子蹲潭边，弯腰，像择菜，又像装择菜，多半个脸在水里，蓝天白云也在水里。好不容易等来了道长，赤足走前，三位女士拉开了距离随后，跟着摇尾巴的那只狗。

贾隐士告诉我，还有一位高人需要拜访，问了名字，我竟认识。我怕耽搁下山，建议改天，贾隐士说已知会过了，不去不礼貌。那就去，果然看见了高人，粗布的便服，也留了胡须。高人与我握手，说是不知道我来，有失远迎，也未准备饭菜。一行人入茶室，分坐蒲团，继续品茶。忽然想起陈君的绣花鞋开裂了，告之高人。片时，高人拿来一双女式旅游鞋，不雅，也未必合脚，还是劝陈君穿了，免得下山时双脚受苦。下山比上山还难，主要是路面多沙砾，滑，陈君几次欲倒，都被我扶了。我便紧跟她，随时当她的扶手。她问我：“肚子有感觉吗？”我知道她还惦记着我掬饮的水，逗她：“这水开胃！”下山后坐在车上，韩君笑我：“孔老很会照顾人呀！”我知她所指，以笑回敬：“这算不算情趣呀？ 哈哈……”

出山的路多次拥堵。不明白，该是归去的时候，且明日上班，进山的车如何不减反多了呢？ 好不容易挣脱了山的束缚，直奔王莽绿色生态园，那儿的万亩荷花开放了。日将西落，车仿佛开进了集贸市场，车水马龙，人如潮涌。我想，该是赏花者兴尽了吧？ 下车，挤出人流，踅进荷塘，豁然呈现另一番天地。偌大的荷塘里，游人稀少。真个荷叶田田，荷苞满满，粉红的，玉洁的，或亭亭玉立，或半掩玉颜。 几位女士都陶醉了吗？ 顷刻不见了踪影。 背景恰是终南山，与荷塘浑然一体，像一轴舒展的水墨画。 这时候，我才有恍若隔世的感觉，不知道是返回了人间，还是走进了太虚幻境。 置身其中，流连忘返。天阳还未落下去，月亮已经升起来，日月同辉呀！

明舍雅集记

秋后欣逢黄金周，却连日阴雨，缠绵不休。天尽兴，人扫兴，无奈何。忽一日（中秋第三日）收到微信，是仵埂发来的，说是城南“某处某处，如此如此”，适合小聚，问我有无兴趣。怦然心动，立即行动。按照约定，坐地铁到小寨，出站，一眼烟雾，朦朦胧胧中看见一只白手晃动，又看见一辆轿车影影乎乎像风筝一样飘动。走近，车门自开。上车，副驾驶座上转过一个头脸，慈眉善眼，窝窝嘴似笑非笑，果然是仵埂。我的头微微左偏，只见一瀑披肩发遮挡了方向盘，回眸嫣然，似曾在罗浮宫见过。车内，弥漫了淡淡的芝兰之香。仵埂笑眯眯问：“认得吗？”我笑眯眯反问：“嫂夫人吧？”望窗外，云雾吞吐了街景，一晃而过的就像海市蜃楼。

半路上，车停了两次。第一次上来了朱鸿，第二次又上来了方英文。关中地面上，这两位都是人物。我开玩笑：“美人驾驶，坐了两个教授，两个副主席。”仵埂，西安音乐学院教授，执教文学，当过舞蹈系书记，享有“文学评论家”之清誉，兼有“裙子领袖”之美誉。朱鸿和方英文都是文学家，都顶着陕西省作协副主席的头衔，文章比人出名早，人比文章更风流。

车不是在奔，而是在飞。云腾雾罩，视野受限，不知去处是何处。既然是城南，不管怎样拐弯，总不会偏离方向吧？人坐车上，只能听方向盘了。不管了，坐美人车，哪怕永远到不了目的地。窗外总像戏台上的喷雾，飘飘忽忽的，有点儿失真，看着逼近了，反而追远了。渐渐地不见了海市蜃楼，渐渐地有了峰峦的写意，时而逼真得如同洞房剪纸，时而缥缈得好似屏幕剪影。一团白云逼近，几乎可以亲吻，却又忽然逃离，被撕开，撕碎，豁然呈现一片丝丝缕缕相间的蔚蓝。呵，那是天吗？真有上天了的感觉，却踅进了一片树林，视野骤然间紧缩、逼仄。盘旋而上，竟不知拐了多少道弯。又眨眼间，雾，稀薄得像掩映玉体的轻纱；山，清晰得像挥毫落纸的淡墨。曲径通幽处，果然草木深。车徐徐停驶。扑面而来一股清凉，却不凄冷；扑眼而来一种清爽，携着芬芳。耳朵寂静，隐约有鸡啼、犬吠、牛哞，却渺茫得如在天外。环顾，树木茂而不密，满地黄叶堆积。秋色如同暮色，近色如画；秋景如同晚景，远景如黛。感觉身在画中，那一草一木像画上去的，心里随即闪过一丝悬疑：莫非我等也是画中人？

不见人影，也不见鸡狗，唯见一只狸猫在一条横木上劈腿抓挠，轻展懒腰，对我们的到来浑然不觉。在它眼里，我们都是空气么？耳听得寒暄声朗，仿佛经过了清流冲洗，却熟悉，即转身，只见一人光头，笑盈盈拱手，活脱脱弥勒佛现身，非邢小利而谁？如果活在汉代，他必是贤良大儒；如果活在魏晋，他必名列竹林七贤；如果活在唐朝，他不入仕，便必高隐，起码是逸民吧！如今呢，他是文人堆里的忙人，是忙人眼里的闲人，是闲人眼里的高人，是高人眼里的真人。他说：“先到者为主人。请进！”一一握手，便迤逦跟进。我却退后，伫立，审视院门。茅草苫盖，门楼却高古，悬一对红灯笼，吉庆兼喜庆。木门，石墩，土墙，经年砖瓦旧，岁月绿苔锈。挂一招牌，俩字古拙——“明舍”。日月为明，人舌为舍。人舌檀香山舍瑞，日月雅聚心明白。拙名孔明占其一，缘也！

且随缘。步入精舍雅院，一地芳草，点缀斑斑绿苔。有雕花石盘铺径，状似满月，形似睡莲，走其上，有凌波行云感。各色花木，布满各个角落。有高枝戳云，云成了碎片；有修竹插地，地添了幽禅；更有石桌、石凳占据一隅，宜坐宜弈，宜茶宜谝。是夜设若无云，赏月何其美哉！又入二门，却别造洞天。屋宇高阔，梁椽拱顶悬空；书架壁立，时人名著满墙。身临雅室静入耳，眼见古书香扑鼻。木桌宽大，摆满各色佳果；木凳玲珑，虚位等待嘉宾。垂涎欲滴，全是秋树时鲜，有板栗、柿子、核桃、葡萄、红枣等。都想吃，却不知先取哪个。红茶、普洱，想喝啥，杯微举，便有红袖添加一杯香。边吃边喝边说笑，有人禁不住赞叹：“哈，我们吃秋呢！”随即有人附和：“真好！”还有人注解：“都好！”果然都好。

正嘻嘻哈哈，人道刘郎来了，群起立而恭迎。刘郎，刘炜评也。身后跟着两位淑女，俱是画上人物，似曾相识。长安城圈，凡舞文弄墨者，不知刘郎，便是孤陋寡闻。看见他，我即刻想起刘禹锡的诗句：“前度刘郎今又来。”此刘郎可与彼刘郎比诗才也！当年从西北大学毕业后，此刘郎供职母校，当过文学院院副；如今主编《西北大学学报》，乃学术掌门人。不但工于诗词，而且长于评论，还惯于演讲，常以吟唱博得满堂喝彩。文友多，红颜知己更多。宴请入座，说笑又添新资。唯遗憾者，应邀中尚缺一人。

午餐丰盛，自不待言；色味俱佳，无须我夸；以素为主，时蔬可口。掌厨者谁？秀色可餐者也。始信：饭不在精，在谁做；食不在美，在谁吃。津津有味者，有品位也；饕餮而饱者，饱学之士也！

午餐之后，有友提议走山消食。出。有人带路，跟着感觉走。上一面坡，坡上草未黄；走一条草径，径旁叶未落。树耷拉着枝梢，柿子簇拥抱团儿，一疙瘩红，又一疙瘩红，伸手可摘也。走近阡陌，见有苞谷地，亦有新翻地。一家老小，四口忙奔，掰、搬苞谷，来去脚不着地。一老者扶犁，却不见牛曳。闻得他自言自语，声却似在空荒以外："雨下的，地难（nàn，黏）的，苞谷受症了，麦种不进去！"华发白须，酷肖太白金星。就想亲近，却迈不开腿。云忽然覆盖了天空，雾笼盖了原野，天暗得如同黄昏。一个转身，自己竟在了云里雾里恍惚、游走。听见朋友们说笑，却不见他们形影，寻觅中若有所思，若有所悟：他们未必不是天人、神人、古人。眼前，当下，此时此刻，不知是古人梦见了我们，还是我们步入了古人的蝴蝶梦中？又一个转身，遥望见几个人影飘忽不定，时隐时现；回望那田间地头，竟然形影阙如，杳无人迹。那一家四口呢？那白须老者呢？自问还清醒，不相信是梦。

云雾天边，忽然悬一轮红彤彤的落日。归路分明是来路，半天走不到路尽头。前方依稀有灯光闪亮，模糊得如同回到了油灯时代。树木扎堆，多高大，粗黑的树干上布满了皱褶，爬满了青苔。有牵牛花蔓寄生而攀缘，在高处炫耀一朵紫红的喇叭花。道路被草埋没，草被水浸泡，很久没有被人践踏了。老树守护老屋，院墙东倒西歪，门窗残破不堪，显然久不住人了，却听见人语，又闻见葱花油香。耳逮着声，鼻嗅着香，挪步寻觅，果然有一户人家屋顶，似乎炊烟袅袅，隐隐约约听见风箱声响。毛发直竖，却管不住脚，一步一步前移，进入一家院落，院里长满蒿草，一树孤立当中，叶子硕大，当是梧桐。出溜闪过一道白光、白影，像玉兔，又像雪狐。一门歪斜，半开半闭，门神龇牙咧嘴。门里一柱竖立，挨着土炕，炕上好像坐着一个人。倒吸一口冷气，又倒退几步，心忐忑而疑惑："这是我待了一天的村子吗？"急转身子，嘴上念念有词："明舍！明舍！"怎么就不见明舍呢？念叨"明舍"，心渐明朗。却东趄西拐，尽走了来回路，总不见来时的坐车和狸猫展腰的那一根横木。眼前漆黑，伸手不见五指。深一脚、浅一脚地疾步行走，不知走到了哪里，却看见一对大红灯笼高高挂，那么醒目呀！暖光暖心，也照亮了我的心，这才觉得脚踏实地了。走近，脸贴在门上，手抚摸了"明舍"两字，才确认是明舍无疑。

推门而入，扑眼而来一缕幽光。院子四角，红灯暗淡，弱光漫射。莲花石蒲团一般，踩踏而过，听不见自己脚步。二门洞开，步入，灯光柔和温暖，白天坐的长桌四周，方凳排列。偌大个屋宇，空荡荡的。忽闻二胡声抑扬悦耳，似从侧屋传来。门敞开，里边半明半暗，坐了一屋人物，挨着行注目礼，都是白天诸君，只多了一人，乃诗人薛保勤也。西安世园会后，流行一曲《送你一个长安》，送进了千家万户，更不知送进了多少耳朵，其词作者便是他。此公常自谓业余诗人，我却觉得他吟诵的都是心海深处波涛汹涌的灵感高唱，因而都是真正的现代汉语离骚。歌吟而品之，有唐诗宋词的声韵之美，有自由体诗歌的鲜活灵动。取古典之高韵，注时代之灵魂，薛保勤诗之所以脍炙人口更朗朗上口也！

二胡独奏，时而悠扬如奔流在草坪上抒情涌动，时而低沉似高流在幽谷中率性滚动，时而缥缈若深流在静海里压抑冲动。座中人物皆静态，皆醉态，皆憨态，更兼有闭眼垂涎者。或闭眼似睡非睡，或睁眼似醒非醒；或低头仿佛梦游，或仰头宛如天听。有的摇头晃脑，有的打着拍子，有的挠自己胸口。仵埂夫人，名曰姜波。姜太公之姜，暗送秋波之波。竖立一指，支着下巴，眉眼羞赧，笑窝浅淡。眼前一亮，内心里惊呼："真蒙娜丽莎也！"拉二胡者，名贾嫚，陕西师大音乐学院教授。她坐在壁炉边，红火热焰笼罩了她，并抹了她一脸满月朝霞。她是醉中之醉者，其醉态不能形容也。

二胡撩人，撩拨得每个人都想一展绝技才情。"蒙娜丽莎"闭月羞花，不能让她闲着。鼓掌等于鼓动兼鼓舞，使她终于鼓足了勇气，一改矜持，腾挪婀娜身姿，亭亭玉立于众目睽睽之中。朗诵可能是她的天赋，或者诗情可能就是她的心情，她朗读了一首诗，是写给孩子的——自然是她和仵埂的爱情结晶。柔情、亲情、爱情糅合而成真情，走心，所以暖心，使她的朗诵别是一种感动，有人甚至流泪了。

文学圈里，流传着仵埂夫妇的爱情故事。此次雅集，仵埂是发起人，不给大家些耳惠说不过去。他说："那我朗诵一首情诗，是写给我夫人的，名叫《你是我的新娘》。"顺手接过夫人递出的手机。心灵的朗诵果然天摇地动，真情的诗篇果然感人肺腑，座中诸君报以热烈的掌声。我脱口而出："我咋感觉是普希金在朗诵《致凯恩》？”就凭这一首诗，一颗年轻而浪漫的芳心当年被仵埂轻而易举俘获了。令坐中人更感动者，乃仵埂还夫人手机时深情地一问：“这首诗，你一直保存在手机里？”我替美人作答：“应该保存在心里！”

薛保勤朗诵了一首诗，名曰《想跟着你去过年》，引起了诸君心灵的共鸣。“你”是谁并不重要，我“想跟”才令人遐想。人生如梦，梦如人生，谁的梦里没有过玫瑰色？谁的梦里不曾浮想联翩过诗情画意般的亦幻亦真？打住！各人的心，各人揣着，各自回味去！

朱鸿起立，亦面对壁炉里燃烧的火焰，引吭高吟了曹操的《观沧海》。人到中年，托物言志。朱鸿朗诵，有手势相随，诗中波涛，仿佛在眼前澎湃、翻腾。当年曹操咏此诗时五十有三，如今座中人物，也多年过半百。朱鸿吟此，可谓用心良苦。

于现场即兴表演，非刘郎莫属。刘郎不但善歌行、歌吟，且善说书、说笑，其流行歌曲与秦腔清唱常令满堂喝彩。他站起来，虽然人到中年，却依然玉树临风。炉火余光似乎钟情他的脸，使他的儒雅平添了一分女性的妩媚与羞涩。先是一曲维吾尔族情歌，声情并茂而惟妙惟肖；又吟诵了一首旧体诗，是写给座中某妙龄女郎的。才子情愫，不加掩饰。

邢小利是热心肠，冷幽默。不说笑的时候脸上嘴角都是笑，说笑的时候脸上嘴角反而没有了笑，话一出口，大家都忍俊不禁，他却做莫名其妙状。面对炉火，他先甩开场白：“这样的夜晚，这样的时刻，不展示才华呢，对不住大家，展示才华太多呢，侮辱大家。那，我也朗诵一首诗吧！”他朗诵的时候，我的手机响了，出去接听后归来，他已朗诵完了，我只听见了掌声。

听说座中有舞者，大家都热烈鼓掌。观舞须得明堂大屋，才好大饱眼福。正好饥肠辘辘，便被招呼步出暖房，围定白天的长桌，团圆坐了。稀饭、馒头、家常菜，谈笑间吃饱喝足，便开始赏舞。舞者名侯影，在职博士生，执教西藏民族大学。霓裳羽衣，束腰紧身。形体之美于舒展中一览无余，舞姿之妙于表演中淋漓尽致。起立如鹤立鸡群，展臂似鹰鹏展翅，转腰像螺旋转升，走步若凌波微步。腾挪轻盈如蜻蜓点水，婀娜扭动似风摆杨柳。赏心悦目之间，我想起了杨玉环的《赠张云容舞》："罗袖动香香不已，红蕖袅袅秋烟里。轻云岭上乍摇风，嫩柳池边初拂水。"咦！眼前舞者，真张云容转世也。

侯影舞罢，其九龄女儿也跃跃欲试。于是母女对舞，默契得天衣无缝。母亲翩翩起舞，女儿款款相随；母亲轻盈走步，女儿亦步亦趋；母亲造型优雅，女儿舞姿曼妙。整个过程没有舞乐伴奏，却旋律自然天成，其肢体语言直白似燕舞，婉转如莺歌。意犹未尽，却戛然而止。观之者啧啧不已，鼓掌鼓到手疼。时令中秋，天又阴冷，而舞者足不着履，其艺术用心，可谓良苦也。

有人旁白："时候不早了！"众皆附和，纷纷离座，相继走出院落。门前黑暗，红灯笼刺眼。微弱的红光里，人皆变成了影子，只见手拱握摇，不见腰臀腿脚。一丽人上车，车已发动，却见车前窗玻璃上，一只黄猫高卧不动。车驶离时，才见它腾空而起，竟在高墙上如人直立。有人惊呼："这是猫吗？"我笑道："是鬼魅！"有丽人猫腰捂脸。我随即上车，回顾，只见红灯笼下，站立了一排女子，一色白裙随风飘摆，向我们挥手频频。再回首，红灯笼明灭，灯下并无一人。三回首，红灯笼消遁，身后杳然、渺然、寂然，只能看见窗外夜色。

一个人的汉城湖

中秋前一日，照例又去岳家。午饭后，打了伞向汉城湖走去。雨正大，但阻止不了我。心里有了汉城湖，就没有了犹豫理由。

岁月静好，光阴荏苒。算来，春秋轮回，我已六走汉城湖，可以说一次一种感动，一次一种感喟，一次一种感悟，因而一次一种心情。前年秋走，已经秋冷，草木多已凋黄，地面处处落叶，心里未必惆怅，却拂不去凄凉。去年春走，无雨，一路反而无趣，也就一走而已。去年秋走，天上有云，预报阵雨，走着走着，竟然天淡淡蓝，云淡淡白，秋日如吉日高照，温和如菩萨的面庞。秋阳里仍有绿红，不如春日温润，却比春日耐看：紫薇花开好，美人蕉更佳。说白了吧，秋韵之美是春日里无法想象的。今年春走，红日当头。虽然找不到第一次走汉城湖那种如诗如画的美感，却自知欢喜一直在我脸上徜徉。虽说错过了桃红李白的眼福，却看见了紫槐花、紫鸢尾、月季红，大红大紫，谁说不美呢？湖风送爽，绿廊纳凉，这样走着，惬意而抒情，忍不住要吟诗作赋了。曾在微信朋友圈发过一组图，云：“生活如此美好！ 此美不独属我，眼见是艳福，入心便拥有！”入心的话，掏心的话，这样想，就这样说了。

秋雨里走汉城湖，与以前的所有感觉都不同。 过去是有过侧门的，可以侧身而入，这次却遭遇封堵。 问知，只能进安门了。 淅沥的雨在伞上沙沙作响，路面积水了，只得踩水而行。看见一个超市，俩人坐在门口聊天。 买水，顺便问进汉城湖的门，店家劝我舍近求远，说：“你不就为看景么？ 多走些路，风景却好！”又说：“走出去，得四个小时！”不知道他是鼓励我，还是打击我，我道了声谢，寻思，未必那么远吧？ 往常边走边玩，也就两三个小时的路程。 却找不见门，也碰不见人，好不容易瞧见一个保安，在岗亭里避雨，看见我说：“雨大的，谁还游园呢？”手一指，门在眼前呀。 我报他一微笑，心说：“我呀！”走了进去。

起码有很长一段路从前没走过，感觉真好啊！ 常说曲径通幽，感觉自己正置身在曲径通幽处。 云雨和茂林修竹浑然一体，步入，别有洞天感。 半天走不出去，心便悬浮起来，脚步也轻盈起来，不像走地，倒像走天了，真想一直走，不出去才好。 却出去了，豁然开朗，又脚踏实地了，却原来天上地下，一闪念而已。 真陶醉了。 树淋漓在雨里，水上如烟似雾，屏蔽对岸的高楼，视野里只有这水、这树和这路了。 路的曲折是人为的，高低不平也是人为的，本来可以直达，却拐弯了。 这是要告诉行人，脚下的路譬如人生的路，直来直去，有啥意思呢？看似蜿蜒崎岖，却能走出诗情画意。 人生不独苦辣酸甜，别样的滋味，或许才是真正的滋味！

谢天谢地，雨是下着，却不瓢泼；风是吹着，却不凌厉。

我执伞而行，仍能保持从容，看着路，避开积水就是了。我确信，没有这微雨轻雾，就没有这风景近似仙境，就没有这散步好似凌波，美哉、快哉，不能形容，就不形容，只有享受了。没有寂寞，也没有孤独，却有一种与人分享的冲动。当下最美，谁解得呢？汉城湖畔，林荫道上，我有了一种奇妙的感觉：“汉城湖属于我了！是真属于我了！”人生没有永恒，瞬间的拥有也是拥有，而且是真正的拥有，是那种“醉翁之意不在酒”般的拥有。把汉城湖比作《红楼梦》，我已读了六遍，今后还会通读、精读的，而读才拥有，这恐怕是常识。把汉城湖比作中秋一轮月，赏月才拥有月，这恐怕也是常识。想到这儿，我就得意了，但没有忘形。我所见、所知、所感的，才是我的，就如同读书一样，一百个人阅读，就有一百种解读。各人是各人的“有”。

出神又走神，就想停下来，歇一歇脚，定一定神。看见翠竹簇拥一个廊亭，既可坐，又可避雨，便走过去，一个转身，赶紧转首，疾步退后，但还是看见了不该看见的。离开后，即发微信告诉一位好友：“我撞艳了！”他问究竟，我告之实情：那坐台上，一把伞撑开，遮挡了下半截身子。一个立着，半仰头脸，长发飘空，闭眼陶醉；一个坐着，嘴脸贴白，如婴饱餐，也闭眼陶醉。两人都已忘我，甚至物我两忘。翠竹如墙，亭台如房，别有洞天，显然被他们当成“洞房”了；秋雨缠绵，烟雾缱绻，天假其时，又显然被他们当成“花烛夜”了。我对我说：“理解万岁！”天地之大，如果有属于他们的广厦一隅，他们还会寻此一隅吗？当然，也不排除激情在顷刻间燃烧，那就更要“理解万岁”了。刹那间，我再次扑哧一声笑了。汉城湖是我的，更是他们的。不是吗？

又望见汉武帝雕像了。左手按剑，右手挥舞，就像雄鹰要飞。一个注目礼，一个转身：“再见，汉武帝！”他永远站在那儿，永远站在汉民族的心里。我忽然若有所思，若有所悟。若要较真，他才算是汉城湖真正的主人。一个人的汉城湖，那个人不就是汉武帝吗？

我岭上

一位去过我家乡的人过后曾这样问我：“你家乡那叫啥山？”我故意答：“秦岭呀！”对方一脸惊诧：“不会吧？秦岭？有那么矮！”我就笑了，开玩笑说：“我家乡在秦岭脚下，是秦岭她妹，叫横岭！”对方仍一脸疑惑，我就吟诵韩愈两句诗：“云横秦岭家何在，雪拥蓝关马不前。”然后解释：“云横秦岭，横岭，明白了吗？”对方仍不明白，嘴里嘟囔：“这是哪儿跟哪儿呀！”我就抬杠：“秦岭跟横岭呀！秦岭竖立在横岭南面，行云布雨，那不就是‘情岭’吗？横岭横卧在秦岭脚下，玉体横陈，那不就是‘横岭’吗？中间隔一条灞河——‘爸河’也，也就是父亲河——秦岭的‘爸’，也是横岭的‘爸’，哈哈哈哈……”

小时候，我只知道自己是岭上人，却不知道岭叫横岭。我姑家在川道里，村里人常啧啧称羡，说是川道里流一条水，白花花的，流个不停，一圪蹴就能洗身（洗澡）。路是沙路，宽得走马车，平得走路不费力，下雨不滑脚；地是平地，平得齐整，走水又蓄水，所以叫水田，栽稻子，出大米，米白得跟珍珠似的。我没见过珍珠，却吃过姑家的白米，米真白得跟雪粒儿似的，到嘴里不用牙，就可以囫囵咽下。小孩都贪嘴，心里多了个惦记，便也多了个期盼，总盼着去姑家打牙祭。年渐渐长，疑问也渐渐多。姑家那里的路为何是沙路？地为何是平地？田为何是稻田？已知道那河叫灞河——真以为是"爸河"呢！清粼粼地奔流，石头洁白得像玉——比我家的玉枕还要白些。河两岸的水田刚插秧时明晃晃的像镜子，蓝天白云和山峰都在镜子里了。想得出神，神就不拐弯，犯拧："我家怎么就在岭上呢？岭上和川道怎么就不一样呢？"每去姑家，逢人必问我："你是岭上娃吧？"多半是明知故问。有一次和我婆去，远远就听见人对我姑说："岭上你娘来了！"我心里就暗生了自卑："岭上难道是商标？"我父亲在供销社工作，我知道商标。回到岭上了，与玩伴斗嘴，商标感又变成优越感："川道我姑！"我起码有一个姑在川道里。一村的女人被半村的人叫姑，多少个"姑"呢？却多半在岭上！

我上初中时，学校叫白玉中学，习惯上叫"白玉堂"，位于岭的南坡底下，临近山，也临近河，属典型的川道，距离我村子杏树凹有七八里路。开学前已耳闻，川道里娃把岭上娃叫"岭拐子"，岭上娃把川道里娃唤作"川老鼠"。都不是好话：岭上不平，一些人坡路走惯了，走平路还真像"拐子"；川道里粮食不够吃，可能就有人窜到岭上胡踅摸，偷鸡摸狗，可不就是"川老鼠"么？这算我揣度，也算我想当然，没有论证过。上学后，果然有人叫我"岭拐子"，我也就回敬他"川老鼠"。都是嘴上的对抗，我自知底气不足，却嘴上不服气，振振有词：川道平坦，地肥沃，却人均少，产米，米不够吃；岭上凹凸，土贫瘠，却人均多，产麦子、玉米，包括五谷，缺水，但不缺吃。每年麦熟口，山里人上岭来割麦（受雇佣），也捎带拾麦（白拾），岭上人看见都装作没看见。老人说：“山里人可怜，让拾么！”冬闲时，山里人背着瓮，大瓮套小瓮，小瓮里还放着瓦盆、瓦罐、瓦壶等，梁上坡下地颠簸走动，拿“背上”的换粮食。我见过一个山里人腿不美（瘸），还驼背，却大瓮小瓮地驮在背上，走路吃力，像极了骆驼，想：“他哪来那么大劲儿呢？”目送他走远，生出怜悯心。面对他的驼背影和佝偻腰，又多了一丝丝岭上人的优越感。

我进县城上高中，自卑是农村娃，不自卑是岭上娃，可能岭上卑微，微不足道，反而坦然了。同学堆里，心里、嘴里，是有个区分的——县上的、川里的，岭上的、山里的，还有原上的。显而易见，县上的最优越，山里的最自卑，中间的不被高看，也不被鄙视，我也就心安理得了。岭上有四个公社（即后来的乡或镇，本文从旧称），依次是玉山、金山、厚镇、三官庙。蓝田有鹿原、东川、焦汤之说。我家乡属玉山乡，东川片，在岭的边上。抬眼是山，俯视是河，却都够不着，只能望而生羡。我村子与三乡为邻，路路通顺。往西南走，一迈腿就入马楼乡界；往东北行，一声咳嗽，对面沟里人能听见，那沟属厚镇乡管；一条官道往西延伸，眼睛闭着不看路，也能到三官庙乡。四乡通婚，方圆十几里，四沟八岔都走亲戚。我舅家在江流沟，就是我村东北边那条沟。那真是沟，深大开阔。沟里树木抱团簇拥的，必是村，那里的人把我们村叫梁上，我们就成了他们嘴上的“梁上人”。在我们村人嘴里，江流沟就是沟里，江流沟村人就是“沟里人”。我小时候去沟里我舅家、我姨家，去的就是江流沟。人在路上相遇，问："去沟里？"就是指去江流沟。或问："去梁上？"就是杏树凹。梁上居高临下，沟里一览无余——只能看见树，却看不见房屋。村落依傍一面大坡，背靠东，面朝西，看不见旭日东升，却能欣赏落日晚霞。落日不在地平线上，所以黄昏比梁上降临得早。顺一面坡上去，上到高坡棱，眼界豁然，夕照灿然。也就是说梁上比沟里黑得晚，却亮得早，沟里想看日出，只能上梁来。因此之故，这梁上又叫了立坡明。三官庙有个姑，家在涝池河沟村。以地名揣度，那里有涝池，也必有沟。还有个伯，在刘家桥，有桥就有河，有河就有沟，邻村就是刘家沟。我还有个舅在金山乡，隔着三官庙，来去四十里。金山不产金，但产粮。地不肥沃，却人少地多，靠天吃饭，广种薄收，旱涝都有收成。上世纪 70 年代，我妈常织了布去金山换粮食。山里人常掮椽贩檩去金山，也只为换粮食。鹿原上人脑瓜好使，常去金山"吆牛"（就是赶牛，这里指贩牛），"吆"一回牛能挣几个月的口粮。我村里有一户人家，弟兄仨都去金山"倒插门"（入赘），一是为结婚生子，二是为有碗饭吃。说来怪哉，金山生女子，水灵且俊秀的比比皆是；生男子，丑陋且腿不美的随处可见。后来才知道是水土问题，但水土为啥钟情女子？这是个谜。

1981 年秋，我去兰州上学，算是"背井离乡"了。身在异乡为异客，大学校园里几乎人人是客，不自报家门，谁知道我是岭上人呢？认了乡党，才被追根问底。在兰州，我认了一个伯，老家在河北（就是渭北，渭河之北），与我家是表亲。他管我爷叫舅，管我爸叫表弟，那我就是他表侄。表侄也是侄子，所以他见到我蛮亲热。拉家常话的时候，他喜欢忆苦思甜，嘴上不离“你岭上”“我河北”。在他嘴里，我岭上乏善可陈，不是沟就是梁，不是坡就是岩，走路要看路，一脚踩空，就栽沟里了。风硬（风大），冬冷，爱下呼雷白雨（阵雨）。我腹诽，不喜欢他那种有口无心的轻视。毕业不久，我随父亲去了渭北。杜子美诗云：“渭北春天树，江东日暮云。”就是那个渭北。一望的平地，我岭上咋比呢？比啥呢？我去渭北恰是在暮春，那里的树真是树，高大伟岸，吸引人仰望、瞭望。我家乡的树呢，多半长在沟里、洼里，俯视一疙瘩绿，树梢都在脚下了，哪有威势呀！后来我自解，树大招风，长平地上不易，峣峣者易折，不如藏沟里、洼里，起码可以躲避暴风骤雨吧？

1984 年暑假，兰州大学历史系 81 级学生到西安实习，几位同宿舍的同学听多了我对家乡的吹嘘，嚷嚷去眼见为实。去的那天恰逢云雨，班车一出西安城区，云髻雾鬟扑眼而来，他们都连声追问：“你家在那山上吗？通班车吗？雨天能上去吗？”我指北而告之，不吝其详：“不在山上，在岭上；岭在山之北，山在岭之南。秦岭不是岭，是山；我岭上不是山，是岭——秦岭那个岭。”那时候，我还不知道岭叫横岭，也不知道山叫玉山。我家乡虽然属玉山镇，却把南面的山叫南山，或者王顺山。“南山戴帽，伙计睡觉。”这是老辈人的说法，1949 年后仍有人吊在嘴上。岭上没有天气预报，南山浮云了，就生云情雨意了。妙在岭上见风就是雨，山雨欲来风满梁，但风调雨顺的时候居多，年景也确实不错，这是南山所赐呀！一伙同学听我介绍，说像在云里雾里；跟着我走，也说像在云里雾里。下了班车，雨像瓢泼，雨衣、雨伞都不管用。他们问我有多远，我说：“不远，七八里吧！”他们对七八里没有概念，感觉更在云里雾里。道路泥泞流水，脚下打滑，都光了脚，把鞋拎在手上。走得气喘吁吁，“问”就吊在嘴上：“到了吗？”我指说：“白云生处是我家！”一团白云盘踞了一片绿树，走近了是个村子，却不是我村。上梁（车贺村），下沟（稠水河沟），上坡（缠坡），看见云罩了树，树盖了村，他们又问：“到了吗？”我笑说：“到了！”长长地舒了一口气。再上一个梁，真到了。告诉他们：“我村叫杏树凹——贾平凹那个凹，是个自然村。”走近村口，“杏树凹”仨字灰白行楷，写在一壁山墙上，面对大路，招摇醒目。路毗邻沟，大家一字儿排列，俯瞰一沟的烟笼雾罩，眺望一山的腾云驾雾，都大呼小叫：“太美了呀！”“太棒了！——”“太诗情画意了！”“简直是人间仙境嘛！”一位同学即兴吟诗：“啊，孔明的家乡！——”大家等下句，他却陶醉得手舞足蹈，说：“没有词儿可以形容了！”我是一脸得意、惬意、醉意，美滋滋的。此后经年，我想我岭上，想的就是当时的情景。当时天正热，植被正好，沟畔坡棱都被草木簇拥，一经雨水洗礼，美得真像画儿一样。爱，就是从这一日种在了我的心田上，生根了，发芽了，开花了，结果了。一直到现在，那画儿一般的岭上，一直在我心上悬挂着，供我思乡时回味。

时常自夸，就有人惦记了，也就有更多的朋友对我岭上心向往之。2004 年秋，木南先生鼓动一伙朋友去我岭上，其中有我敬爱的蓝田乡党教授费秉勋老师。秦岭北麓，灞河南岸，距县城不远，有个村子叫火烧寨，那就是费老师的出生地。那天他带着古琴，坐在我老庄子立坡明（就是个草坡）上，弹起了《高山》《流水》，古音古调，吸引了割草人、牧羊人洗耳恭听，就连羊也举头回望，忘了吃草。一位在苞谷地里干活的老农立地张望，问我：“啥声音？ 好听！”费老师过后说：“琴是通灵的，也择地。 这里空旷，适合琴音传播。”一席话说得我心热，心就飘忽，像长了翅膀。 次年春，木南又鼓动贾平凹老师逛我家乡，闻名而来的朋友前呼后拥。 去费老师弹琴的地方观望，几乎人人都赞美。 贾老师去后，家乡人常发现有小轿车进村，停在我家门前的场上，人却观景去了。 后来才知道，都是我的朋友，有摄影的，有绘画的，也有为吟诗作赋来寻灵感的。

1985 年春，我上大四，回故乡搞社会调研，与横岭三乡干部座谈，才知道我岭上叫横岭，三乡即金山、厚镇、三官庙。我自寻思，怎么就叫横岭呢？ 虽然联想到了“云横秦岭”的诗句，却也知道秦岭、横岭似是而非，可以说一个在天上，一个在地上。 然而，毕竟是近亲，至少是近邻，隔河而望，河南北麓也是起伏连绵的黄土岭地，著名的公王岭就在灞河南岸的台地上。 上世纪 90 年代，我常上公王岭，喜欢坐公王亭下北望横岭的春夏秋冬。 能望见我老家一面坡棱、一疙瘩树林，却不见村。 按照考古学家之说，旧石器时代蓝田直立人就生活在公王岭一带，灞河很可能不是河，而是汪洋，河床比今天要宽广许多，今天的河滩地，也就是川道，川道上的村庄，应该都被水淹没。 水的对岸，就是横岭。 完全可以想象，那岭上应该是一望无垠的森林，那林里必有飞禽走兽，豺狼虎豹只会多，不会少。假如汪洋不退，我家乡的坡棱很可能就是湖畔。 我小时候割草，常见荒坡、荒梁上有贝壳。 秦岭不断提升，水位不断下降，终于就变成了今天的样子。 其实即使我小时候，也就是上世纪 70 年代，岭上也不是今天的样子。 我们去白玉堂上学，路是大路，槐林冠盖了沿途的沟壑，一路走，一路林荫，随时看见柏树扎堆的老坟阴森可怖，有狼出没。 即使大白天一个大人走路，也喜欢手抡一根棍子，警惕野兽偷袭。 我们上学都是结伴的，必须赶在日落前往返，根本不敢摸黑。 仿佛一个转身，或者一个丢盹儿，岭上就秃了，沟都漏底了，本来就稀罕的缓坡地、半平地竟滑坡了。 与此同时，村子也罕见大树、老树了，土屋翻盖成了小楼，少得可怜的平地也被小楼占领了。 现代化农村都这样吗？ 反正我是困惑了，竟不懂今天的村民究竟追求什么了。 修路是对的，但村村通，通的都是美梦吗？ 乡村就应该是乡村的样儿，一个地方就应该是一个地方的特色，不然何谓风土人情呢？ 何谓十里风俗不同呢？ 风情、风俗、风物，不正是非物质文化遗产么？ 听说正在保护，但保护的都是一纸名录吗？ 都是一边消失，一边记录成文字、影像资料吗？

没去过我岭上的人一旦去了，确实会眼前一亮的。 远的不说，近的就西安市民吧，几人想象过离东郊不远，就有一个叫横岭的地方呢？ 城东有个田王街，再往东有个洪庆山，就挨着横岭的边儿。 翻过骊山，往东、往南也是横岭。 临潼区的小金山就在横岭上。 渭南有个大王乡，也属横岭地段。 溯灞河一路东上，南望秦岭，北望横岭，南北风景迥异，却互补。 横岭虽然比不得秦岭巍峨，却很容易使人联想到白居易的诗句：“杨家有女初长成，养在深闺人未识。”灯下黑也！ 我觉得横岭就像一部尘封的典籍，摆在那里，人人看得见，甚至摸得着，却很少有翻开看一看的冲动。 没有冲动，就没有灵感。 譬如古老的华胥，其实多半身子都是横岭，或者说是高岭向低岭的延伸，就像美妇随意歪在那里一般。 岭边有个华胥陵，据说埋的是伏羲氏、女娲氏兄妹的母亲，所以又叫羲母陵。 如此说来，横岭配得上两个字：高古！

我喜欢琢磨横岭这个名字，时常自问：“怎么就叫了横岭呢？”也问乡党，却多半摇头。我在岭上度过了童年，对岭的印象可谓“七多”：沟多，所以坡地多；梁多，所以荒地多；洼多，所以弯路多；外加一多——树多！几乎不长庄稼的地方，都长树。树填了沟壑，就像给沟穿了裤子；覆盖了村庄，就像给村披了大氅；掩蔽了道路，就像给路装上了遮阳伞。童眼里的岭，真没有“横”的感觉。离开了故乡后，故乡像一轴画，时常在脑海里徐徐展开；又像幻灯片，在脑海里时而不由自主地变幻，时而被我有意无意地切换、剪辑。终于像梦一样，渐行渐远，音信渺茫，再也不能追回了。

每次回岭上去，我喜欢一个人独步转悠，或梁上、梁下，或沟前、沟后，或岩边、崖棱。手里拿着照相机，乡亲真以为我照相呢，其实我是在寻找童年如花记忆、似水流年呢！我时常悲从中来，黯然神伤，眼含泪水。童年如童话，所以故乡才如梦如幻吗？童年似动画，只有怀揣了童心，才能读懂眼前的故乡吗？

在蓝田，横岭又被叫作秀岭。秀也，是因为“横”吗？或者横也，所以才要“秀”吗？岭还是那个岭，怎么就既“横”又“秀”、既“秀”又“横”呢？后来我就若有所思、若有所悟了。“秀”是岭的原生态，本来就应该这样；“横”是岭的岁月感，就像老农的脸。横岭是官名，能使人联想到岭的渊源。一堆黄土拱起，经年雨水冲刷，纵横不是坡梁，就是沟壑，一眼看去，真“横”啊！有横岭在那儿“横卧”，灞河才是“爸河”，慈爱又安详，绕岭不扰岭，滋润不泛滥。又叫秀岭，应是别名。岭本来就秀，也应该秀，如今越来越秀了，秀色可餐，这是眼见为实的。诗人去了喜欢吟诗，画家去了喜欢写生，游人偶尔去了就驻足惊叹，就流连忘返，就有了把家安在岭上的打算。特别是退耕还林后，不长庄稼的坡棱沟崖都长草长树了，草茂盛得可以走蛇，树茂密得可以走兽。闭着眼睛拍摄，拍下的都是风景嘛！秀岭，名副其实也！

但我更看重此称："岭上！"更愿意自称："我岭上！"更亲近他称："岭上人！"岭上是奶名，近似口头禅吧，犹如襁褓中的婴儿被呼为"宝宝"，或如把猫叫个"咪咪"一样，在特定的语境里，别是一种亲昵、一种风味、一种蕴藏。"岭上"就是商标，没有注册，却约定俗成了；"岭上"就是印记，没有邮戳，却逼近图腾了。我庆幸我是岭上人，今生今世。

故乡的路

盛夏，与妻回县城看父亲。已在半路上，打父亲手机，父亲说他在老家。便邀了妹子、妹夫，直奔老家。交通方便了，每年总要回老家两三次。车驶入了一条新路，我问妹夫：“咱这是走三官庙吗？”妹夫说：“不是，仍走环山路。”过去走环山路，要从老 312 国道绕上去，现在新开通了一条路，宽阔笔直，与环山路贯通。晴空上飘几朵白云，南山逼真而逼近，环山路穿行在南山与灞河之间，车如同在一幅画中畅行，眼睛因为享受而喜出望外。

故乡在横岭上，沟、坡、梁构成了地貌，中华民国时代有一条土路翻岭越沟，通向许庙街道，土路叫官道，可行马车。故乡人要进县上省（西安市），如果坐马车，许庙是绕不过去的。上世纪 70 年代，官道改道，仿佛一个圆规取了直径的两点，故乡与 312 国道骤然缩短，前程是入口的一个接点。仍为土路，铺了些沙石，可容汽车通过。沙石很快被雨水冲刷净尽，遇雨路便泥泞，不能行车，行人赤脚比穿雨靴还要轻便。1984 年暑假，我的一伙大学同学去我故乡，一路烟雨，一路泥水，都光了脚，说舒服。晴日路面干结，留有人脚窝、牛蹄窝、羊蹄窝，夹杂着独木轮、架子车、手扶拖拉机的车轱辘印辙，不是洼坑，就是疙瘩，行车其上，一路颠簸。道路失修，沟地滑坡，外地的司机驾车经过，多半提心吊胆。截至上世纪末，故乡人对过往车辆多半喜欢高看两眼，孩子还尾追到梁上，望着车绝尘而远。省城在一百里外，去一次比进戏园子看戏还难，去的必是能行人，故乡人当然也高看。我上大学后，就被故乡人高看："大学生呀！"只这人前背后的一句半截话，足令我挺起胸膛，走路有了底气。我回一次故乡，故乡人见了都稀罕："还能住惯么？"被高看的人可以改乡音，可以吃不惯故乡的饭，睡不惯故乡的炕。每次车进村，一村人都知道我回家了。一根烟，就换来一声啧啧："你把世事弄成了！"

2004 年秋，一伙朋友去我的故乡，妹妹告诉了我一条新路，说是好走，直通故乡。我牢记了路线，便带着朋友们上路了。车从县城附近的 312 国道边的岔路口向北踅上一条公路，我不知道叫蓝金路，却知道这条路通金山，过三官庙。柏油路，多弯而奔高，盘旋而平展。费秉勋开玩笑："孔明，你不会认不得故乡路吧？"我笑得一脸灿烂："哈哈，费老师，你放心，回故乡嘛，怎么可能认不得路？"按照妹妹叮嘱的路线，遇见一个丁字口，我发话："右拐！"车一溜烟儿飞奔，越往前越生疏，故乡的路有这么宽吗？嘀咕着让车停下，三个乡党正在路边施工，我问杏树凹，其中一个乡党说："你不会是强民他兄弟吧？"强民是我大哥。我赶快拱手，那人嬉笑，揶揄道："真是阔别了，连你村子的路都不认得了！"一个"阔"字咬得极重，却指说："退回去，看见一个水塔再拐弯，沙路，只管走，就到了。”一车的人都在笑我，说费老师算定了我要出此洋相。

2005年初夏，又一伙朋友去我的故乡，其中有贾平凹、京夫、晓雷等。我领着几辆车，决定重温上一次回故乡的路。车上，贾老师听说我上一次回故乡闹了笑话，说：“孔明这一次还要走弯路！”我笑得比上次更灿烂：“怎么可能呢？怎么可能呢？”我是真认为不可能，因为我胸有成竹呀！我记住了那个水塔，还能走错吗？看见水塔，我让司机拐弯，贾老师说：“你看好，别犯低级错误呀！”我大笑：“勇往直前，绝对正确！”车奔驰，闪过一个村，又进了一个村，我是真不自信了：“不对呀！不可能呀！怎么会这样了呢？”车只能退回去，问一过路行者，说是再过一个村子就是杏树凹。大家起哄嘲笑我。去年一条路，今年又开出了一条新路，我是犯经验主义错误了。

2005年冬天，我的母亲长行，一些朋友闻讯前往我的故乡，多半人走了弯路。大家一见面就怪我，我也“委屈”：“只能怪通向我故乡的路太多了。”我生怕朋友们走冤枉路，便将故乡的路线图形成具体的文字，发到朋友们的手机里。一些朋友顺利到达了，一些朋友不断地打手机问路，结果还是绕了一大圈。我的同事开了三辆车，一路走，一路问，结果问到了厚子镇，再前行就是渭南地界了。路人告诉他们，走厚三路就到了。所谓厚三路，就是厚子镇通向三官庙的乡级公路。我第一次走错路，走的就是这条路，只不过反向而已。天下了雪，一面坡上结冰了，他们知难而退了。事后我才知道他们绕了这么大一个弯，幸而他们知难而退，否则没有人领路，不知道他们要奔向何方。

2008年冬天，母亲逝世三周年祭，参加纪念活动的朋友仍有走弯路的。其时村村通公路，路路通顺，无论指路多么“正确”，仍有“误入歧途”的。我的一对老朋友夫妇籍贯商洛，老312国道走了不知多少个来回，还知道他们的故乡与我的故乡在前程“分道扬镳”。他们沿着老312国道东行，越走越觉得不对劲，问街上人：“这是前程吗？”答：“这是许庙！”问杏树凹，当地人指了一条捷径，他们事后说好像走上了一条不归路，已经和我握手了，朋友的妻子仍捂着胸口说：“怕死了！怕死了！”他们走的恰是中华民国时代那条“马路”，只不过拓宽了，柏油了。这条路就像一个“U”字，下坡，上坡，上、下都悬乎，怪不得朋友夫妇“怕死了”。

这一次回故乡是2013年8月3日。妹子说：“条条道路通故乡。”这话一点儿也不言过其实。车下了环山路，过公王桥（灞河桥），轻车熟路进去，一辆车挡道，没有避让的意思。我们的车就退出去，前行，看见路口又拐进去，东折北踅地上了宽阔大道，妹夫说是陕沪高速的辅道，可以穿越。虽然绕了些路，视野却豁然开朗，踅上坡后扑眼而来的都是风景，妻子掏出iPad拍照，我则惊讶故乡咋会有这么好看！居高临下，南山，灞河，村庄，高架桥，白云静浮如祥云缭绕，绿地起伏如海涛翻滚，立体大写真，山水好图画，这是老天爷的大手笔嘛！

故乡从古到今都应该这样，如同这天的蓝、云的白、山的俊秀、水的清幽。“杨家有女初长成，养在深闺人未识。”未识，不等于不存在。“不识庐山真面目，只缘身在此山中。”譬如我，对故乡的美，昔年不能说视而不见，也不能说了如指掌。走眼，花眼，不顺眼，看不真切，都是有可能的。有如今日不走此道，不回头，不展望，不驻足观赏，不在这样的季节，身临这样的地方，如何能拥有这样的眼界？ 高一丈，不一样，是真的！ 而这一切，都依赖了路。 没有路，就只能想象了。 但无论怎样想象，眼前这如诗如画的故乡都曾在想象之外。

忽然有点惆怅，却不知道为何。 唉，故乡的路要把故乡带向何方？ 故乡有梦，继续想象吧！

桃　园

东西两道梁，缓缓地凹下去，空出一片风水宝地，平而舒坦，适合人居，住的人家多了，就成了村落，取名杏树凹。却少杏树，全村拥有的，屈指可数。南北是沟，沟都敞开，南来的风，北来的风，没有阻挡。南沟渠崖纵横，却被槐林覆盖。槐林簇拥两面坡地，向阳，长了两坡的桃树，故乡人叫桃园。儿时，桃园是孩子的梦，是孩子的乐园。向阳的坡地暖和，故乡人看春，先看桃园。俯瞰，一片欲红的雾若有若无，那已是春意了。渐渐地红重，春意就漫出沟来，春是真来了，天天都有人立沟沿上望。一夜春风化雨，两坡桃花怒放，从哪里看都是鲜艳的海，谁不看谁是傻蛋。那香是在沟里聚满了，向四周挥发，四周都是郁郁花香了。一条大路穿越故乡，遇集的日子赶路人多，鲜有不驻足惊艳的。桃花变成一种美丽的记忆，使方圆几十里的人都知道了杏树凹的桃园。桃不是很大，却格外地甘甜，甜里有一种说不出的回味盈口，让人舍不得下咽，却不由自主地囫囵下去。桃就走俏，不愁变钱。

桃园是集体的，看园人是个老者，手脚灵活，走细豁棱（羊肠小道）像走大道。一条细壑塄通向一个高崖，老者就喜欢蹲崖嘴上瞭望，两坡的桃园就都在视野了。老者眼睛好，耳朵灵，远近角落但有风吹草动，他就吼叫，声如狼嚎，回声传遍四沟八洼。人说，老者的嚎，惊飞林里的鹰，惊走草里的兔。老者是贫农，旧社会苦大仇深，新社会当过贫协代表，六亲不认的。娃们手长，掐一个麦穗，别的大人看见了顶多一声呵斥，老者看见了必是奔过去，甩手一巴掌。孩子撒腿就跑，老者也是扯开大腿穷追，不追得孩子趴地上乖乖挨打，老者不会收手。所以孩子都怕，走路都躲避他。

桃园是个诱惑。繁花满园的时候，诱惑已在枝头了。桃树里套种着麦子，收割时，娃们去拾麦，看见满枝满树的绿桃，自然想入非非。夏收后，村里人都不约而同有了忌讳，尽量不去桃园，去南沟也绕道儿，免得惹人指脊梁骨。娃们不知深浅，却被告知："离桃园远点。"桃已泛红，诱惑得娃们嘴流涎水。桃园的四周禁人走，草就茂盛，娃们就有了走近桃园的理由——要为集体的牛割草。不能眼看着草，限制娃们去割。老者一看见娃们靠近桃园，牛眼瞪得像探照灯，在娃们身上横趄扫描，生怕娃们管不住手。真有管不住手的，摘一个桃子藏草堆里。老者装作没看见，等娃们要离开了，挨个搜查。一背篓草倒出，搜出桃必是一巴掌，拧着耳朵去见生产队长。挨队长一顿骂，不顶嘴不挨打，桃子放下，归生产队长的儿子不劳而获了。

一疙瘩、一疙瘩的红桃压弯了枝梢，伸手过去就能摘一个，那真是挡不住的诱惑！正放暑假，娃们闲得心慌。我是娃王，想了一个"老鼠玩猫"的游戏，玩伴们拍手叫好。娃们也鬼，把队长的儿子、老者的孙子都拉了来入伙。一日大晌午，日毒，一村人都在歇凉。我拿一副牌，带三个玩伴，背着背篓去割草。偏去老者常蹲立的附近，寻一处荫，玩牌。老者是旧社会的赌场高手，赌是戒了，看见牌却容易手痒。老者果然手痒，要求打对子，玩“升级”。我是娃们中的高手，和老者做对家，自然赢多输少。老者是老江湖，老辣，输赢不忘职责，过一会儿必立崖嘴上查看动静。我们听见口哨声，这是约定，便起身说：“我们该割草了！”离开老者的视线，一头钻进沟林里去。沟底，是一个草坪，娃们围定一堆战利品（桃子），桃毛在衣服上蹭两下，就大口嚼，一个个吃得肚儿圆，打饱嗝。剩下的均分。吃的时候，下一次的行动已经约定了。得逞了数次。终于有一日雨后，老者突然警惕，玩牌中上了崖嘴叫骂。其实是虚张声势，我们心里有鬼，以为露馅，提腿就跑。快如脱兔，老者自然追不上。娃们会合后把到手的桃子藏起来，大模大样上了梁割草。黄昏，列队去饲养室交草，队长与老者已等在那里，每个娃的草背篓都翻了个底朝天，连个桃毛也没有。队长一声骂，走远了。也不知是骂娃们，还是骂老者。此事有惊无险，后来仍搞过几次“游击战”，屡屡得手。

桃园是生产队的财源，卖了钱做什么，那是大人的事，不在娃们的心上。娃们关心的是分桃，家家户户都有份。分桃是因为桃要下市了，卖不上价还耽搁劳力。村里把所有树上的桃都摘下来，各户论堆儿抓阄，好坏凭手气。我上初中后，对分桃已无兴趣。一到暑假，队长指定初、高中生配合大人走村串巷卖桃。大人挑一担桃，学生拿一杆秤，遇到买主，大人称斤两，学生收现金，每一笔钱都记账。这是个美差，一是能把桃吃美，反正桃卖到最后，是要降价处理的，损耗也在允许的范围之内。二是能撞见同校、同班的女同学。青春期的男孩，都怀心思，不见女孩子的时候想，见了又躲，躲不了就低个头，不说话，脸烧到耳根，心却快活得要跳出胸口。一次，走进邻村，大人吆喝，也让我吆喝，我却张不开口，偏这时候看见了心仪的女孩，正弯腰在自家菜地里拔草，听到吆喝，她站直了张望，立即又背过身去了。过了会儿，看见她妈拿着鸡蛋出来，问换不换。大人说不换，我说换，把鸡蛋收了。我下意识环顾，瞥见那女孩半隐人堆里，心就极愉悦。我们多走了几步路，把鸡蛋卖给了代销店。

我上县重点中学后，胸怀大志，暑假就不卖桃了，对“偷桃”的把戏也兴味索然，桃园在我心中日渐地淡了。上大学去了外地，向异乡同学夸家乡，少不得把桃园吹嘘一番。偏就有同学动心了，嚷着要去我的家乡吃桃子。我一直推托，有一年到西安实习，推托不掉了，只好带了几个同学回故乡。正是淫雨天，一路雨，一路泥泞。城里长大的同学，谁走过十几里的横岭路？蚯蚓一样趄，草多的路陡，草少的路滑，左右不是坡，就是沟，几个同学打退堂鼓，却没有退路了。但一提说桃园里吃桃子，大家又精神了，不怕了沟深路险。白云生处有人家，那就是杏树凹了。我指着桃园让大家看，却只能看见一沟雾罩着一片林。到家了，大哥一听说大家的愿望，就笑了。他说，桃园已经不存在了。村里包产到户了，桃园承包给个人了。可能是树老了，也可能是年景不好了，桃花开得繁繁的，桃子却长不住，眼看着掉落，没落的多半一包虫，连猪都不吃。连续两年都这样，还不如砍了当柴火，省出地来多种一季苞谷。我的同学都失望，却愿意跟我去看一眼桃园今天的样子。雨仍在下。没有了桃树，两坡地都空旷了。坡地上云雨朦胧，苞谷不高大，却生机勃勃。大家惊呼太美了，是人间仙境，嚷着不虚此行。

参加工作后，母亲农转非，住在县城，就很少回故乡了，回去，也是匆匆，太匆匆。母亲埋回故乡后，回去的次数又多了。故乡的巨变，常常使我长吁短叹。土木结构的房屋已经罕见了，家家都盖起了小楼，平地都让小楼给占了。过去不进村，就看不见房子，房子都被树覆盖了，只能看见袅袅升起的炊烟。现在，从南山顶上北望，故乡变成了一堆垒起来的砖石。沟是真正成沟了，粗壮的槐树早已经变成了千家万户的房檩屋椽了，幼小的槐苗还没长起来，放养的羊就先吃为快了。槐林也包产到户，男丁都进城打工了，经年不管，就自生自灭了。人忽然变得自私，偏到别人家的槐林里去挖药，捎带着也挖一捆树根回去。天长日久，沟里的树就七零八落，不成个景了。多年了，风调雨顺，地里长的，是绝对够吃了，各家都有满囤的粮食储备。怪在见风就是雨，见雨就滑坡，昔日的桃园年年滑坡，年年萎缩，坡地已所剩无多了。有人说，再不治理，可能连巴掌大的地儿也留不住了。

今年清明节，我给母亲上完坟，立在母亲的坟头，注视了桃园长久。母亲在世的时候，桃园虽然不再是桃园了，但那两坡地还在，满沟的槐林也还在，我当时虽然惋惜，但也只是惋惜罢了。现在，我却只能放长声“唉”了。南沟真像是人老得皮包骨头了却不穿裤子，实在不堪入目。就这，我的朋友去我的故乡，仍然赞不绝口。他们是不知道我记忆里的桃园和南沟，不知道那一沟绿、两坡红的惊心动魄，只把眼前的情景与自己的阅历做对比，自然是美不胜收了。可是，我梦里的桃园呢？那满园的姹紫嫣红呢？常想去梦里寻找，却连梦也找不着了。

云想衣裳花想容

立冬之后，万物更加萧瑟！ 我的心我知道，真不愿自己的心也跟着萧瑟。 无法，却偶得了一个妙法，去微信圈，寻王晓红的插花世界。 对插花我并不陌生，但对插花那样爱，爱得那样优雅，那样纯粹，那样不染纤尘，我却是第一次领教。 每每欣赏之时，我总寻思而疑问：世界上还有这样插花的？ 我当然知道，我疑惑是因为我孤陋寡闻。

我对插花的印象本来是这样的：少时，春暖花开的时候，上学路上，总见有女孩子发梢上或辫梢上插几朵桃花，或者几朵杏花。 眼前一亮，也就多瞅一眼，还是偷瞅的时候居多。 头上插花的女孩子回头率必高。 她的脸上羞红，心情也想必美好，却不敢戴花进教室。 那个时代很蹊跷，审美不如审丑，所以头上插花的，以小女孩居多，也多属一时兴起，自娱自乐，与成年人似乎格格不入。 有一次去给牛割草，看见一位年轻媳妇头上插了一簇野刺玫花，煞是醒目，我嘻嘻笑，她追问："笑啥呢？" 崖棱上尽是刺玫花，鲜艳夺目，怎么就"跑"到她头上了呢？ 必是谁和她闹着玩的，她却浑然不知。 我没有说破，一直目送她走远，那种别样的美至今历历在目。我外婆家有一对花瓶，常插一些时季花，插花的是我外婆。我觉得好看，却不稀罕。我姐时常折了野花，回家插在空瓶子里，加满一次水就不管不顾了，任由花枯萎，我不稀罕，却遗憾。村里的女孩多半都这样的，所以常见人家柜台或窗台上摆放着一瓶枯萎的花，花上落了灰也不拿走，看去甚是恓惶。我结婚后家里也曾摆有插花，无多讲究，只求好看。几株万年青，一直绿，透着生机；几朵玫瑰红，不一定是玫瑰，只要一个红。红绿搭配，一眼清新。瞧见枯萎的花，我常怦然心动：春天渺茫，就好像那枯红，总令人心驰神往。插鲜花麻烦，还要惦记，不惦记就事与愿违，不如改插干花。只是个插，不在乎造型。疏于欣赏，也就疏于管护，天长日久，竟视而不见了。某一年早春回乡赶庙会，看见绿油油的麦地上站立了一个胖乎乎的小女孩，红扑扑的脸，黑油油的发，扎一对朝天辫，插了一对红桃花。朋友指说："比花还好看！"过去抱了小女孩，还亲了她脸蛋，送给她一个红气球。回想起来，定格在人眼里的小女孩，就是一束插花嘛！

去年，偶然在微信朋友圈里看见一组插花图片，美，就点赞了。后来连续发现有插花照，啧啧之余，就留意了。发照者昵称雪樱，哈，竟是晓红。显而易见，她是把插花当成艺术创作了，就如同绘画、雕塑、弹琴一样。我多少有点惊讶。多年不见，她怎么就有了此雅？让我更惊讶的是在她的背后，似乎有插花的姊妹队。把她们的插花看多了，就心领神会了。晓红原本是做图书生意的，这是雅事。转行后又开普洱茶室，也是雅事。闹市中取静，真是个好去处。记得每个茶室里都摆插花，造型别致而简约，使静中之静，平添了雅中之雅。她还有一个生态园，位于南山北麓，一面绿坡舒缓而下，圈一方草木花卉鸟世界。有小桥玲珑拱立，好似恭迎游客一般；有流水浅吟低唱，宛如琴音从高山上飘落；有鸟儿啾啾呢喃，像极了林荫深处的窃窃私语；有桃花烂漫开放，有梅花残红恋枝，自然也有人文景观别出心裁，给人意外的美感，如根雕的桌椅，如石头的造型，如盆景的多姿多态。坐在根雕上品茗，恍若隔世，生出别有天地之感。我就留意到了插花的别具一格，惊叹了女主人的别有怀抱。她是很会享受的，而且享受的是一种足可意会的艺术。我当然知道，这种享受其实是她的工作延伸，是她的生活余韵，是她的梦想抚摸，甚至就是她的工作、生活、梦想本身。与其说她是在追求享受，毋宁说她是在享受中追求一种心灵的自我搓洗，一种心境的自我营造，一种心情的自我酝酿，一种与天地呼吸、与神祇默契、与造化心心相印的通灵体验。今年一个夏日午后，我曾雨访她的雅室。喝茶的时候，几案上一瓶插花悦目，一壶茶色醉心。与她隔几而坐，观音的眉脸，牡丹的形色，矜持里有雍容，妩媚里有庄严。她问我笑什么，我仍用笑回答。如果我开口，必是一句话："你像插花！"

且看王晓红们的插花作品：盘碟碗瓶灌上，枝条一两枝或三五枝，横竖撇捺斜，绿叶衬托，赤橙黄白紫等花点缀；没有春夏秋冬限制，没有东西南北阻隔；各色植物联姻，各种花卉结亲；你中有我，我中有你；有嫁接之巧妙，无拼接之做作。完全可以这样形容：妙手天得，巧夺天工，浑然天成。真可谓千般姿态生，万种风情随。舒展的如云朵在天边显摆姿态，动静恰到好处；袅娜的如青烟向天上扶摇升腾，颤巍巍却不卑不亢；生动的如"春到人间花弄色"，如"云破月来花弄影"，如"裙拖六幅湘江水，髻绾巫山一段云”。看似呼之欲出，实则来之不易。各人的心思、心境、心情，寄生了各人的奇思、妙想、异梦，寄托了各人的追求、信仰、怀抱。各人的审美情怀、情趣、情愫，都赋予各人作品的色彩、形态、元素，各人的生活阅历、经验、体会，又都使各人的作品灵动、精巧、雅致。耐读，耐品，耐观赏。像绘画，却比绘画多了几分质感；像雕塑，却比雕塑多了几分柔软；像盆景，却比盆景多了几分娟秀。若非神来之手，如何能使区区插花近似于神话传说？像青春期的相思，像花样年华的梦呓，像“月朦胧，鸟朦胧，帘卷海棠红”，让人回味，让人遐想，让人向往。权且套用杜甫的诗句来赞美：“此花只应天上有，人间能得几回看？”幸哉，我看见了！

可想而知，这样的插花，仅凭纤纤玉指，不能传其神，仅凭天资聪颖，不能附其魂。创作者都是有大阅历的女子，天生丽质又得天独厚，天赋聪慧又得天眷顾，有琴心所以知音，有慧根所以觉悟，有主见所以身体力行。她们志同道合，所以雅好不约而同；她们情投意合，所以皈依不谋而合。她们衣食无忧，却不屑于养尊处优，更不肯屈就灯红酒绿而放纵优游。她们插花，是因为她们解得花性，乐在其中又其乐无穷。插花赋予她们灵性，赐予她们真性，还原她们本性；插花调动了她们的智性，呵护了她们的天性，开启了她们的悟性；插花为她们撬开了智慧之门，打开了修炼之门，敞开了艺术之门。插花引领她们走出了方寸褊狭，而步入天地广阔；挣脱了功利诱惑，而不再患得患失；获得了自信底气，而不再为糊涂人生枉交学费。插花使她们的人生如插花般异彩纷呈，又使她们的心情如插花般美不胜收。插花使她们异想天开，又茅塞顿开；使她们得心应手，又梦想成真；使她们诗化了生活，更诗化了自身。

人都在活自己。怎样活，活什么，是天安排，也是自安排。有人这样活，活出了精彩；有人那样活，活出了富贵。王晓红们的活法之所以可圈可点，是因为她们的身上显现了插花之美，体现了艺术之魅，再现了人生之真。她们食人间烟火，却过着神仙般的生活。她们不只插花，还弹古琴，听古乐，赏云卷云舒，看花开花落，读好诗好文。盛夏里，她们穿着云一般的各色长裙，行走在锦绣一般的园林里，凌波赏荷，坐桥弹琴，“风吹仙袂飘飘举，犹似霓裳羽衣舞”，不是神仙，胜似神仙，就是神仙！聆听鸟语，饱闻花香，坐地默诵禅乐。人间若有神仙，非她们而谁？

插花不仅仅是艺术，应该就是人生。什么样的插花，就会有什么样的人物。王晓红们的插花很美，但插花人更美！

说画画

我小时候最崇拜画家，甚至有过当画家的冲动。起因已经想不清楚了，可能是因为不识字，睁眼懵懂时，常面对红油漆的木板衣柜，柜身上一簇花鸟，听说是油漆匠画上去的，惊奇了那花儿黄绿生动，常开不败，那鸟儿成双成对，欲飞不能。耳朵也逮一些话，如："木匠、油漆匠是手艺活儿，一辈子不愁吃喝。"那是最愁吃喝的年月，我稍解人事便对木匠、油漆匠肃然起敬。我家阁楼（父母的房间）门讲究，镶边雕刻，红油漆面，绿油漆边。一对鸳鸯门锁，下画一对鹊儿，绿叶扶持，左右对称，我时常一边看，一边就想入非非：那鹊儿会飞吗？心真纠结，既盼鹊儿会飞，又怕鹊儿飞走。后来才懂得，那是民间艺人的绝活儿，叫个木匠、油漆匠，那绝活儿却是一流的艺术作品，留到现在必是非物质文化遗产了。门开处，正对一面壁，壁前一方木桌，梨木的本色，上了明漆，古朴厚重。壁上一幅中堂，左右的对子不是写的，是彩笔画的，叫"花鸟字"。神奇呀！识文断字后就常想认出那些字，蒙对了一些，如"花"，如"月"，如"云"，如"鸟"，象形而酷似写真，稍动脑子就认出了。遗憾，直到墙上的对子消失，我也没有全部认出，更不记得对子内容了，但丝毫不妨碍我崇拜写字的人，竟然狐疑他是神仙下凡。

哥、姐上学后，有一个课叫美术，时常见大哥在美术簿子上画画儿，画宝塔山日出，画“延安精神永放光芒”，画工农兵，也画龇牙咧嘴、丑陋如蜘蛛的牛鬼蛇神。大哥还喜欢写美术字，这使我对字的神秘生出兴趣，自己上学后也准备了一个专用簿子，字写不端正，就画字，用尺子规范笔画。小舅当兵后，我每去舅家，喜欢掏阁楼炕头墙壁上的一个窑窝，里边全是小舅用过的书。小舅是高中生，书扉上常见有画，字也不像是写，更像是画，一个簿子里画了不少人，铅笔素描，可以用辫子分辨男女，女子一律“不爱红装爱武装”，有的齐耳短发，戴一顶军帽。由此可见，几乎每个人年少时都应该有画画情结或冲动的。外婆去世后，舅家的柱子上挂了一个镜框，里边的外婆就是画的，逼真得就是我外婆，栩栩如生，慈眉善眼，一脸祥和。我心说：“画家真伟大呀！”当画家的心都有了，却终于没有把冲动化为行动，这当然是后话了。

我上学后，喜欢上美术课，却不喜欢老师教学；画画的热情高，却得不到老师的认可。识字增多，读书的兴趣大增，画画的兴趣大挫，但对画画的人，一直高看。上高中文科时，班里有一个同学叫刘新平，学习一般，写字却楷行端正，我俩经常合作出黑板报。他一笔好字，也一笔好画，黑板报上的画都是他的杰作，使我羡慕不已。他经常在作业簿上画女生，只画背影，长长的辫子垂背，辫梢的红头绳生动极了。他后来顶替父亲上班了，去了药厂，不知道是否丢了画画的特长。如果没丢，一直画到现在，做个画家，不三流，也二流，甚至一流吧，但愿。上大学时，班里有个同学叫高剑锋，也爱画画，我每去他宿舍，他不是画画，就是看画画的书，一个人对着一幅画，凝视多半天，脸上有会心的微笑，那笑，日后常常浮现在眼前。我问过他："既然爱画画，为啥学历史呀？"他用笑回答我，这就是禅了。人生没有为啥，只有这样了，就这样了，得失天知道。

画家里，有一位朋友叫白炬熔，见人笑眯眯的，没有画家的范儿，却是画改变了他的命运。他出身农家，画画是阴差阳错，却也是上天眷顾吧。有人告诉他，画画是一门手艺，能吃上轻省饭，他相信了，就画画了。怪在画笔一到他手里，竟能画啥像啥。驻村干部见了，赞不绝口，推荐他去宣传队，提一桶糨糊，一桶红油漆，一桶白石灰，走村串巷，端梯子上墙，刷标语，写标语，贴标语，自然也画宣传画。户县农民画走红时，他画农民画参展，出名了，就回不了村，也种不了地了，以农民身份跻身到县、市文化馆，以农民画家身份进了省政协。调动到省上某报社后，以美术编辑为正业，养家糊口；以画画为副业，增加些额外收入。我敬爱他，是因为他的淡泊与随和。看似随大流，却一直有所坚守，从未放弃过；好像很平庸，实则很优秀，乐呵里别是一种人生姿态。自1991年一见如故，至今友情亲厚。对我来说，他是一方山水，走近便能感觉清风拂面，亲近便能感受岁月静好。画画改变了他的人生轨迹，又给了他人在旅途的坐标，使他有了奔头。他知足了，也影响了我："知足真好！"知足的朋友，友直、友谅、友敦，益友也！

我有一女性朋友，姓王，母亲叫何俊芬，以会计为生，离休后上老年大学，先学书法，后学画画，我认识她的时候，她画画已十五年了，主要临黄宾虹，临得惟妙惟肖了，竟然创作冲动了，时常出去写生。又一个十年过去，她的写生画也可谓惟妙惟肖了。我为她画册写序时忽然懂了她。她并非要画画求名，而是要画画求乐，乐在其中，人生的意义也在其中了。她已经八十高龄了，画画依旧，乐此不疲。画画给她的人生体验，都在一幅幅画里升华为鸽。任何人都有过美梦的，画使她梦想成真了。梦如蝶，更如鸽。她只在乎飞，并不在乎飞多高，飞多远。

认识杨稳新有年，只知道他搞行政，且已干到处长。一次去书院门闲逛，看见装裱的一幅月季引人注目，看题款是杨稳新，以为同名同姓，去电话一问，此杨稳新正是彼杨稳新。海不可斗量，人不可貌相，诚然哉！他师从罗国士，画月季已拿得出手。一日，他画一幅月季，得意，打开窗户，想把花园的芳香请进来，只一个转身，发现自己画的月季上多了一枚蝴蝶，近前看清楚，蝴蝶飞起，留恋，不肯飞去。我以为他这辈子就“吃”月季了，不料想又一次逛书院门，又一次看见了山水小品画清新悦目，署名仍然是杨稳新，就打电话给他：“又画小品了？”他爽朗大笑，能感觉一种颇有底气的快意与自信。他是官族，官已做到厅级，官余不跑官，却跑书画，遍访方家，请教书画之道。每遇双休日，他闭门如闭关，与外界隔绝，读书作画，怡然自得。他告诉我：“享受得很！”看他那画，多是方外山水，人间仙境，或揖别小亭，或垂钓清流，或摇橹碧波，或目送雁飞，仿佛时光倒流，魏晋、唐宋扑眼而来。那多半的画有所思，有所忆，有所悟，唐诗宋词里司空见惯，明清笔记里造型再现，读书人看了必然心颤，共鸣，喜悦自然而然。“无可奈何花落去，似曾相识燕归来。”说心里话，我真愿生活到那些画里去。

看贾平凹的画，总有种感觉，似是而非，说不清楚，道不明白，那就是禅了。贾平凹的字，无论褒贬，谁能说那不是字？他的画却颇有来头，也就颇有由头，更颇有说头。别看他写了那么多文字，都不能释放、表达他的全部心思。古人说：“十年抚琴，精神寂寞。”贾平凹写了多半辈子小说、散文，精神是否寂寞，不问他，看他画，就心领神会了。老子说：“道可道，非常道。”贾平凹得道了，却不能道，怎样说道都不能抵达本心，表达本意，释放胸中的块垒。他灵机一动，心先画了，付诸笔墨，就是画了。他的画不能作常人画欣赏，如同人有高人、常人之别一样。譬如他那幅《天聋地哑》，他想说啥？只能仁者见仁，智者见智了。他画马，越看越像女性人体模特儿的弯腰扭臀；他画女人体，越看越像汗血马的高卧或欲奔。他的画就是话，不着一字，莫名其妙；题句在上，却话里有话。所以，要理解他的画，得先理解他。画就是他，他就是画。

早年我说过马河声不是人，有人理解，有人未必理解，还有人当我面抢白：“马老师咋不是人？”略知马河声履历，便知我此言有本事。河声上高中时，钢笔字像字帖，老师看重，指定他刻蜡版，他差点“刻”出爱情。艺术家的范儿已稍露端倪。高考落榜，本该回村种地，却师从一位民间画家。不被看好，他只得离开，一个人到古城西安闯荡，从装修工干起，被高人赏识，步入自由书画家行列，自食其力。他悟性太好，又博览群书，加上天纵才华，情商、智商均在常人之上，书画成就自然非常人可以追赶、比肩。我为他出版画册，一位编辑家看见后说：“字比画好！”这便是马河声画的实力、潜力和魅力所在了。他并非科班出身，甚至没有进过大学之门，但书籍大补，阅历反哺，诗文每令方家目瞪口呆，疑心这等本事不是从娘肚子里带来，也该是从古人那里“偷”来的。他有山水胸怀，山水便如同他的锋芒毕露，出手即神手，神来之笔总出人意表，那气势、气度、气象，如影随形，如魂附体，能不刮目相看乎？他姓马，属龙，出生在黄河的岸边，名曰河声，那河是黄河，那声是黄河的奔腾咆哮。“黄河之水天上来”，龙马横空出世也！

这几年，身边画画的人忽然多起来，且都是人到中年后。我师妹高谦英画画，就令我惊讶。或许她少女时代做过画画的梦吧，甚至也可能信笔涂鸦，但未闻过她有画画之雅。她可谓出身书香门第，但父母俱为人师，教的还都是数学，未给她遗传画画基因。大学毕业后一直在基层摸爬滚打，工作琐碎，阅历也颇丰富，但接受绘画艺术熏陶的机遇很少，不知是神灵启示，还是高人指点，她忽然爱上了画画，一俟钟爱，便近痴迷，不但拜师学艺，工作余暇几乎都给画画了。她很快就掌握了画画技巧，又很快写生入门，且得心应手。似乎是不可思议，细思量应该说水到渠成。她是干着平凡的工作，但她不平凡的梦一直在做，且多半落实在行动上，好读书，好求甚解，更好刨根问底；好诗文，更好吟诗作文，享有诗意女子之美誉。阅历可谓丰富，处处留心皆学问。日积月累，学问、见识与日俱增，视野、眼界也日渐开阔。譬如一方水土，水是美水，土是美土，能丰收麦子，也必能丰收稻子。师妹天生慧根，心灵手巧，有文学心，又有恒心。文学生浪漫，恒心善护念。画画以技巧为先，写生却以觉悟为禅，心灵手巧所以事半功倍，心领神会所以神乎其技。 可以用六祖慧能的话形容她："迷时师度，悟时自度。"一直以来，她都在"自度"吧？ 若其不然，她于画画一途的进步，总匪夷所思，让人不得不相信天授其技，又点化其艺，使她少走了弯路，又绕过了崎岖，所以画途近似坦途，日有长进自然不足为奇了。 画画未必是她的宿命，却成了她人生的亮点，使她的前行有了栖息的理由。

当我第一次看见上司宋亚萍画画，真不敢相信自己的眼睛，甚至怀疑成语"眼见为实"了。 她不拜师，就是个临，还写生。 随身带一个笔记簿，等人、等车、等飞机，甚至开会，不让自己闲着，读书，或者"涂鸦"（宋谓自己画画为涂鸦）。 有一位画家看了她画，竟惭愧自己是画家了。 我问她："你真没学过画画？"她说真没学过。 我说："那就是不师自通了！"她笑起来，赶紧解释："平常看一些画书，瞎琢磨。"这便是真相了。 她不拜师，因为她没想过当画家。 我忽然明白，画是智者的本能，就像蚕会吐丝、蜂会酿蜜一样。 造化神奇，不可思议，却出处可以解得，常人不知罢了。

与张立认识近三十年，未闻过他画画。 他是文人里的闻人，供职在报社，文章写得漂亮，却视之雕虫小技，不肯轻易动笔，动笔则文如云从秦岭涌来，云破月来花弄影，别是一种诗情画意，这有他的散文集《树荣》为证。 他志不在文学，似乎也不在画画，只是常见他与画家往来密集。 忽一日从《陕西日报》副刊上看见一幅山水，画面不俗，署名张立，惊得我目瞪口呆。 很快又在微信圈里看到他一组山水，敬佩是自然而然的。与张立有过接触的人，能感受到粗糙是他的护身铠甲，主见才是他的做人底色。朋友雅聚，他总是姗姗来迟，不待落座，便语出惊人，总给一桌子朋友带来快乐。看他的画，方感觉到他的豪华志向如龙潜海，与他往来的朋友只看见海掀波浪，浑不知是龙在打喷嚏。方家说张立的画非一日之功，张立却不置可否，背过脸去，对我说："画画就那样儿，谁一生下来就会说话？"他说他自己就瞎琢磨，瞎摸索，盲人摸象也能摸出个门道。我的看法是老虎吃牛，也吃鸡，不屑吃不等于不能、不会、不敢。张立是《皇帝的新衣》里那个儿童。勘破玄机，偏不说破，他也成画家了。呶，他的画就在那儿，实力就在那画上。我曾听见有人"哼"，不服气却没脾气。

我还惊奇一个人，就是我的玉山乡党李峰。认识他的时候，他还是一个兵娃子，虎头虎脑的，看不出有要当画家的架势。转业数年后，他居然送了我一幅四尺山水画，我问他谁画的，他答："我！"底气十足。过了不到一年，他送给我一本论画的书，我又问他谁写的，他答："我！"底气里已闻得神气了。读他的书后，我才真正理解了什么叫"胸有成竹"。李峰的不同凡响在于画海钩沉，又不忘初心，且恒能身体力行，有蓝田后生的那种愣劲、犟劲兼一根筋。故乡在山水风景画里，也在他心里，他画故乡无须在场，更无须构思，一纸铺开，一笔飞动，一幅山水便跃然纸上，连魂魄都寄生在那云卷云舒里了。忍住不夸他时，他一嘴傲气；忍不住夸他时，他又满嘴谦虚。我理解他：傲气是他的骨骼，谦虚是他的血肉，他因此而丰满。他就如同他的山水，云掩巍峨，却阻止不了他显山露水。

我更惊奇一个人，便是我妹夫李慧强。知根知底：与我同岁，与我小学、初中同学，高中毕业后当兵了，复原后搞后勤，画画于他如云之于泥。出身农门，父母都是庄稼人，莫说画画，连毛笔都很少碰过。闪过五十后，他忽然迷上画画了。问起缘故，他也说不清楚，似乎是认识了几个画家，经常看人家画画，看多了，手也痒痒，就买了笔墨纸砚颜料等，躲在家里偷着画。也是临，照猫画猫，照虎画虎。他画了一只猫高卧，铺在地上晾着。一只老鼠溜出来觅食，想从画上穿越，可能看见了"卧猫"，吓得夺门而跑，从此房间里再无老鼠。有人评价："画得跟真的一样！"索要而去。这个索要，那个索要，妹夫的画竟然供不应求了。也就两三年吧，他也写生了。他的画多半还是四尺、六尺的。他爱外孙，每晚一俟外孙睡后，就上楼画画。他说："我一画画，就忘记时间了，常常就过后半夜了。"就这样一直画下去，后半辈子不成精，也成画家了。

或许有人蹦出来，说我不画画，就没资格说画画。我当然要反驳：男人不生孩子，还不能接生了？批评家不创作，还不能对文学评头论足了？我说画画，是因为我觉得，画画里有太多的话，不吐不快。我说的那些画家和他们的画究竟应该怎样评价，是否名副其实，能否流芳百世，那不是我的事，我只是就画说画，画里有话，话里有画，如此而已吧！

感冒与“不得不”

语言真是个“蛊”。几天前与同事吃饭，我鼓励大家坚持走路、吃早餐，理由之一是我有此坚持，所以一年到头不感冒。当晚回家，感觉喉咙微痒，没当回事，以为像平常，喝口水就没事了，不料想第二天仍痒，就不敢大意了。我不怕感冒，就怕咽喉发痒，假如不管不顾，想“扛”过去，一般门儿都没有。就喝板蓝根，含草珊瑚，但为时已晚，所有感冒症状都让我有了“久别重逢”感。没有办法的办法，也都是人人皆知的办法，也就是人人吊在嘴上的口头禅：“多休息，多喝水。”要在往常，床上躺够七八个小时是无论如何也不肯再躺下的，现在却不得不躺下了，这就是休息，还不得不“多”；唯一的嗜好是喝茶，喝茶等于喝水，但感冒后，明显水喝得更多，也是不得不喝：鼻喉不爽么！有那个需要么！忽然自己偷着笑了。“不得不”，这是人生之箍吗？一些生活常识，谁真当回事了？一般不到“不得不”的时候，人多半是不肯就范，还振振有词。等就范的时候，“不得不”悔之晚矣！

感冒了，不开电脑，不开电视机，连手机都懒得看了。不是想不想的问题，而是忽然没有了那个兴致。万花筒世界，真是万花竞开，目不暇接，稀奇古怪事更多，守着那些玩意儿，什么事都别做，还兼不吃喝拉撒睡，眼睛永远不闭着，也休想有个完的时候。那些嘻嘻哈哈的肥皂剧，那些哭哭啼啼的煽情剧，那些打打杀杀的武侠剧，那些争风吃醋的宫斗剧，那些穿越等同穿帮的历史剧，除了消磨人的宝贵时光之外，还有什么意义呢？说是信息爆炸的时代，可“爆炸”那么多信息都有用吗？先不说好歹，多得就顾不过来。海量的信息，制造了海量的无聊！

平日读书是最爱，此刻却最不想碰书了。那冷冰冰的纸上，字如蝌蚪排队，或如蚂蚁布阵，或如蚯蚓延伸，越思越想逃离，逃远，眼不见，心不烦。古人说：“书中自有颜如玉，书中自有黄金屋。”有吗？学而优则仕，则有；学而优则民，则未必！好读书虽然好，但也要看读啥书，谁读书。人有善恶，书分优劣，不是叫个书就值得一读，不是“好读”就一定受益。即使圣贤书，好读又如何？不在一个起跑线上，结果就不免云泥之别。读死书，死读书，读书死，并不好玩。书读不进去不如不读，读进去了作茧自缚，等于自己给自己念紧箍咒。或者有望“羽化成蝶”，到头来无望的必多。即使“羽化成蝶”，就是“蝶”么？实际上是蛾，似蝶而非蝶，别指望飞起来，更别指望翩翩起舞。以蚕比喻读书人，是否恰如其分呢？呵呵，我就是个读书人么！

一个人躺在客厅的沙发上，眼睛懒得睁开。昏昏思睡，却总进入不到梦乡里去；蒙眬入睡，未几便感觉腰不是腰，身不是身，挪一挪，转一下，又毫无睡意了。还得躺着，因为躺着比坐着舒服；或许躺着就是睡，所以躺着最容易丢盹，“一枕黄粱再现”是自然而然的。“枕上片时春梦中，行尽江南数千里”，真的呢！我就梦见了自己的一次浪漫的“感冒”经历。上大三的那年寒假，在火车上结识了一位上大一的学妹，护送她走一段积雪冰凝的夜路，我把黄棉大衣多半披在了她的身上，因为她咳嗽，流清鼻，打喷嚏，浑身发冷。当我回到故乡时，我拥有了她的全部感冒症状：咳嗽，流清鼻，打喷嚏，浑身发冷，一周卧床不起。经此一事，我领教了感冒如同爱情，一辈子不能轻易招惹。

一个激灵，或者是一个冷战，使我躲闪了好梦的纠缠。再好的梦，也是梦么！一些梦但愿成真，一些梦即使“但愿”，又能如何呢？梦是个无底洞，我宁愿自己坠落。梦是云梦大泽，我宁愿抱云长眠，不再醒来。梦是镜中花、水中月，还陶醉吗？太多的梦，太多的醒，太多的回味，太多的惆怅。真诚天地知，梦中人何在？几回回梦中呼唤，声如天籁，却消失混沌；几回回梦中醒来，泪流一脸，竟恍若隔世。“泪眼问花花不语，乱红飞过秋千去”。人生如梦，梦如人生，只能这样了！或者吧，不这样，又能怎样呢？

冬日的阳光温和地穿过飘窗，洒满客厅，也自然洒满在我的身上，真好似“日光浴”了。幸而有这阳光，一丝儿惬意使我心里油然生出感激。平日忙甚呢？总以为只要不是躺着，生命的意义就会延伸，就会放大，就会升华，就会鱼龙变化，就会释放正能量，故而竟辜负了身上这如此温情、热情、多情的阳光。我把脸转向飘窗，阳光就在脸上抚摸了，跟抒情似的。好个温柔手哇，我的脸上很快有了渴望中那种感觉。眼睛不由自主地半睁半闭，眼前就变幻着五颜六色。不知不觉间，感觉自己不是躺在沙发上，而是躺在麦秸积（堆积如山的麦秸，故乡人叫麦秸积）上。小时候，遇到冬日晴朗，我喜欢爬上麦秸积，舒展四肢，随意横陈，尽情接受阳光的亲热。眼睛半睁半闭，眼前的五颜六色千变万化真是不可思议。有一次刚读过科幻书《物理世界奇遇记》，就联想那似懂非懂的时间隧道，由不得要想入非非。想啥呢？少年心事当拿云，心在云上乱扑腾。等心定静了，便酣然入梦了；等自然清醒了，却回不过神了。分明是在麦秸积上，却恍如躺在热被窝里。可睡在故乡麦秸积上的我，如何今又睡在了客厅里的沙发上？宿命造化，真不可道呀！

我在客厅沙发上睡过了三天，红日如吉日，心空如晴空，真是好环境不如好心情。人呀，其实什么都可以放下的，放不下其实是“不放下”，人心都有个“贪嗔痴”嘛！自作多情的时候居多，心就被情拿捏住了；自以为是的时候居多，人就变得固执己见了；孤芳自赏的时候居多，耳朵就喜欢听阿谀之声、奉承之语、溢美之词了。过于自信容易使人自负，过于自负容易使人自欺，自欺的结果必然欺人。人有智愚。大智若愚，往往被人认作愚不可及；小智若聪，又将他人聪慧屏蔽，故而利令智昏，智也令智昏。孔子说：“三人行，其必有我师。”真那样想的只能是孔子，所以孔子成了万世师表。常人多半好为人师，诲人不倦，却很少反思自己。太自我了，就“世人皆醉我独醒”了。自己真醒着么？天知道，天不语。不自知，便我行我素。跟着感觉走，十有八九是跟着功利走。一条道儿走到黑么？能走到黑么？也是个天知道。几人心里敬畏着天呢？纵然天知道，又能如何呢？

有个东西见不得，离不得，那就是手机。天下事难得了我，难不倒手机。拥有手机，即使躺在客厅里，也无法与外界隔绝。手机以电话、短信、微信、QQ 等方式密切联系着各个角落的远近亲疏朋友。近日应承的事不能兑现了，必须道歉！有朋自远方来，抱着感冒病毒去迎接吗？忽然接到饭局的邀请，得婉转敬谢。高情难却，就实话实说："我感冒了！"朋友知我，自然要关心我，多半第一句话是："你还感冒？"接着的一句话是："你不是一直在锻炼吗？"言外之意，颇多解读。似乎是锻炼就不会感冒，我却感冒了。人的思维逻辑多半如此。感冒，或者不感冒，与锻炼不能说没有关系，但也不能说锻炼就像万能药，包治百病。锻炼是因人而异的：有的人自小就养成了锻炼的习惯，比较而言，体魄肯定要好些；有的人是人到中年，心窍大开，忽然注重锻炼了；有的人是罹患疾病，不锻炼不行了；也有人迷信锻炼，以为锻炼能使百病不侵！我锻炼嘛，是因为人到中年，必须锻炼了！

感冒当然不是好事，但不得不休息，却不能不说是好事。感冒是等于给咱提个醒，人都有"不得不"的时候，不能不时时铭记呀！

母亲织的毛裤

在兰州上大学四年，没有感觉到冷。回到西安工作后，进入第一个冬天，我只是按照往年的习惯加衣，不想却感冒了，很重。母亲知道了，认定是受冻了，非要为我织一条毛裤。我对母亲说，我感冒不是因为冷，而是因为热。比较而言，西安的冬天比兰州暖和，我却按照兰州的气候加减衣服，所以感冒了。母亲说："你大学生你不懂，腿一定要穿暖和。"坚持让我换穿了她织的毛裤。妹笑道："哥，妈对你心太重了，一条毛裤，用了两条毛裤的线，你瞧，毛线多粗！"毛裤上了腿，确实暖和了，却拘束了腿的灵活，走路不舒展，走几步就感觉到烧烘烘的。回到西安，急忙将毛裤褪下，又穿了原来的。等到春节回家，我一定要穿母亲织的毛裤。不让母亲担心也算一种孝心。

有一年冬，西安奇冷，骑着自行车，总觉两腿进风，妻提醒我："放着厚毛裤不穿，活该！"把母亲织的毛裤寻出来，递到我手里。薄厚不一样，就是不一样，母亲织的毛裤一到手上，厚墩墩的，沉甸甸的，不穿都感觉到温暖。回到蓝田，将这话说给母亲听，母亲笑得开心，我也开心。我顿悟：儿子孝顺母亲，就这么简单。

告别了租屋，搬进了单元房，冬天放暖气，上下班改走路了，母亲织的毛裤真不“实用”了，只好藏之衣柜了。母亲生病了后，换了一个人似的，不再问我热冷，自然也不再问起自己织的毛裤。我呢，一年复一年，几乎也忘记了。年年捐献衣物，常常将一些衣物送人，我以为那条毛裤早已不知去向了。

2005年冬天，是真正的冬天。送母亲回老家，一路的心情比冬天还要冷。坐在老家的火炕上，母亲竟能坐起来，目光慈祥地巡视着自己的儿女，使我冰冷的心有点回暖。我联想到了“回光返照”的说法，但回避了相信，起码一个心愿像灯焰一样闪烁：“母亲不会走得太快！”挨过半月就过年了，挨过春天说不定会好起来。当晚，我赶回西安，打算次日料理手头工作，请长假。睡前，我突然问妻子：“我妈织的那条毛裤还在吗？”妻子说：“在呀！那是你的宝贝，我寻去！”真寻出来了，厚墩墩的，沉甸甸的。妻说：“你杏树凹冷，穿上正合适！”把毛裤放在枕边。抚摸着毛裤，对妻子的用心多了一份感激。

天蒙蒙亮，接到父亲电话，让我快点回去。我本能地穿了母亲织的那条毛裤，竟没有了第一次穿时那种烧烘烘的感觉。坐在班车上了，才给领导去了电话请假。看着窗外一掠而过的冬景，眼睛模糊了，禁不住泪流一脸。我不能形容自己的心情——心仿佛被撕扯，却感觉不到疼痛。车一下西蓝高速，又换乘了妹夫的车，直上横岭。等待我的是噩耗。按照农村习俗，下葬必须请阴阳先生掐算日子，母亲因此停灵一周。事后回想，多亏了母亲织的那条毛裤，我的两腿才没有挨冻。老家地势高，四面受风，冬天本来就冷。母亲咽气的那天早晨，太阳本来一直暖红，天却突然刮旋儿风，云从南山涌来，雪花也纷纷扬扬飘起来，黄昏时地面一色的凄白。一周里，屋里屋外一样的温度，灶火边的水瓮都结冰了。送埋的后两日祭灵、送灵，冰天雪地里跪拜，没有那条厚毛裤，真难以想象。寒冷还在其次，膝盖跪在冰雪上，真不好受。就这，回西安后重感冒半月，鼻子、喉咙都上火。

母亲走了，那条毛裤一直搁着，搁在我的心里。毛裤是枣红的，应该是母亲迷信的吉祥色。裤腿长了一拃多，记得我当年指出过，母亲说，那是她有意的，卷起来正好护住脚腕。

母亲织的毛裤，唉……

戴口罩

最近戴起了口罩，和寒流有关，和寒流也无关。别人别扭不别扭不知道，我自己颇觉别扭。又不能不戴，原因是国庆节后，去医院做了鼻息肉微创手术。我以为微创，就可以微不足道，实际上微创也是创，并不能一如既往。空气变冷后，鼻子立即不适，医生说必须戴口罩。

记忆里，我只在小时候的冬天戴过口罩，感觉嘛，当然好极了。那时候农村贫困，口罩是奢侈品，只有跳出了农门的人才戴。一到冬天，公社女干部下乡，脖子上半绕一条红围巾，戴一个雪白的口罩，进门，围巾解开，口罩别进上衣对襟袄里，露出白带，惹人羡慕。我的小学老师是一位年轻媳妇，也戴口罩，上讲台时，口罩摘下来，也是别进上衣襟口里，白带系在脖子上，很醒目。我父亲在供销社工作，常带回新口罩。我盼着天冷，只有寒风刺骨的时候，才有了戴口罩的理由，也才有了炫耀口罩的机会。和女干部、女老师一样，我也喜欢把口罩别在胸前的襟领里，露出白的系带，以显示与众不同。戴着口罩走路，感觉真是个好，盼着有人迎面走来，装着不认识。想起来都可笑，口罩捂了自己脸，别人认不出来尚说得过去，自己怎么就反倒有了视而不见别人的心理呢？ 可见掩耳盗铃、闭目偷瓜不是杜撰，应该有出处。

我的故乡在高岭上。 高，本来就迎风，加上沟壑漏风，温度比川原至少低 5℃。 每年秋冷，那是真冷，一冷就想戴口罩。 霜降，飞雪，风真个是刀，刮脸脸疼，刮鼻子鼻子有被割的感觉。 大口罩在脸上一捂，加上围巾、帽子，口、鼻、脸都暖和了，偏要迎风，走风口，不怕脸皴，不怕鼻子蛋发红。 故乡的人多红鼻蛋子，都是风吹的。 口罩是仙物，一般人家没有，人就喜欢包巾、围巾，把脖子、脸和耳朵都围护起来。 故此，冬天里故乡有一景特别养眼，那就是姑娘、媳妇，头脸上花花绿绿地包围，常常只露两个眼珠，迎面走来，真不容易认出来，若被认出来，多是因为包巾、围巾出卖了她。 故乡人的穿戴没有秘密，谁家姑娘、媳妇头上、脖子上的包巾、围巾，是新是旧，是棉是绸，是红是绿等，全村人都知道。 在我眼里，好看的围巾里围遮的必是好看的脸，所以我总对好看的围巾想入非非。

话扯远了，也没扯远，口罩说白了，就是御寒而已，至少在我的故乡如此。 离开故乡后，我没有了戴口罩的理由，渐渐地也没有了戴口罩的习惯。 2003 年，“非典”，人人自危，都怕传染，口罩成了一道防线。 妻子批发了一打口罩，我抵制，到底没有戴在嘴上。 我宁愿走路，不愿戴口罩挤公交车，或者戴口罩去人多热闹的地方。

第一天戴口罩走大明宫，偏挑了偏僻的道儿，仍觉四周都是眼睛。 自己想：光天化日之下，把脸隐藏在醒目的口罩里，是何居心呢？ 是怕见人，还是怕人见？ 我以为熟人都会不认识我，偏就有熟人向我打招呼，并不惊讶，说：“是该戴口罩，你看这空气……”我赶紧解释：“我不是……，而是……”今早快走到一丁字路口，一车突然停在身旁，问：“张老师，你走路呢？ 空气糟糕很，不如坐车。”好意不能拒绝，已经坐车上了，仍惭愧没有抵制住诱惑。 我问：“我戴了口罩，你如何一眼就认出来？”开车的同事说：“你走路有特点！”我明白了，一个人要伪装自己，其实很难。

说一句大实话：寒风刺骨的早晨，戴口罩走路，鼻子和嘴是真比露在外边舒服啊。

与女生握手

少年时代，我是生活在一个不算偏远却也不算开化的农村，男女授受不亲的观念可以说深入了骨髓，形成了思维，至少在我身上习以为常而又不以为非。一个村的女孩等同姊妹，只有性别意识，没有审美冲动，所以不是很留意脸蛋漂亮与否，偶尔在沟壑危崖处拉手只能算援手，不生非分之想。上大学后的第一个暑假回乡，赶集，遇一初中时代的女同学，已经不能说心静如水了。她向我伸出手时尽管带着花色毛线纺织的手套，却足令我这个大学生惊心动魄了。心的迟疑可能没有被她察觉，脸的发烫她也未必发觉吧？我出手迎接，被她握了。这是我与同龄异性的第一握，被我称为“处女握”。后来与她有过第二次握手，我取笑了她的手套，使她脸红得真像冰雪天刚烤过火。这一次是我握了她，她嘴一咧说：“疼死我了。”娇笑倩兮。我说：“我就是要你有疼的感觉。”

上大二时，我们班上皋兰山植树，上一面坡时，我因为落后而与一位女同学相遇。坡陡，她竟穿着高跟鞋，望着坡发怵。她若是我在农村时的发小，我也可能不假思索就伸出了手。我抬脚继续上行，却忍不住回头，竟与她忽闪的眼睛对视了。她的脸极白，那种生动的白；她的发乌黑，那种魅惑的黑。发捂了半个脸，那没捂住的白越发撩拨人了。我决定退几步，去拽她，却发现她的手与脸一样的白净，我的手却沾满了黄土。我没有犹豫，顺手折了一根榆树枝，伸向了她。严格说来，这不是握，是牵，或者只能说是拉——借助榆树枝拉了她一把。但这个拉，等同握，甚至比握更多了回味。之后，我们骤然间没有了障碍。这件事使我觉悟：一、人生需要援手；二、该出手时就不能犹豫。毕业时，我们握了手。她是班里我唯一握了手的女生。

大学毕业后若干年，我返回了母校，被安排了一次与在校生面对面交流的活动。一通演讲后，开始与学弟、学妹们互动。一位学妹像万绿丛中一点红，最惹人注目，却最安静。许多学妹都围拢过来，唯独她原地坐着不动。我走近她，伸出手，感觉自己够优雅。她似乎不情愿，却还是伸出了右手，接近我的手时，我才发现她的手只有两个指头。我的心头一颤，想缩手已来不及了——缩手只能加重伤害。我也没有道歉，竭力保持了自然状态，与她笑着搭讪，并借助语言安抚她的尴尬，也掩饰我的尴尬。这件事震撼了我的心灵，使我警觉：善待人应该是细节上的无微不至，只有系心一处，才不会鲁莽握手。

1989 年初夏，我的右手背意外地被玻璃划伤，血流不止。我当时在公共阳台上，急回编辑部，呼叫一个女同事的名字。我至今不明白当时为何呼叫她——我并不知道编辑部里只有她。可能我的声音凄厉，她抬头，惊诧，随即奔向我，把自己的绣花白手绢捂盖在我的手背上，手也过来端扶，说：“抬高，高过心脏。”血始止住。事后我才知道她怕血，但没有因为怕而放弃一臂之力。单位隔壁就是医院，她一直扶着我的手，从门诊室到手术室，这个过程我意外地发现她的手白，嫩，绵软，玲珑玉润，肉乎乎的，手背上有“酒窝”。欣赏她的手，忘记了疼痛。出院后见到她，我笑道：“握手，让我重温一下感觉。”久握不放，她说：“你神经病呀？”咯咯咯笑。同事了这么多年，不曾留意过这双手。她还未婚，想留意也没有理由。再说彼此也太年轻——年轻反而使我们的疏远变成本能。但同事之间，了解与日增多，理解与日加深，情感也与日积累，那种近乎亲情的牵挂抵消着世俗的相互猜忌。我确信那是佛手，我有理由握住不放——但放手比握手更需要觉悟。人必须学会放手。

2009年夏，一位女博士访问我，听说附近有莲湖，湖里的莲花开得正好，便要求我去为她拍照。在莲花盛开的地方，她摆着千姿百态，与莲花、莲叶、碧波里的莲影相互辉映，美呀！我只恨自己没有一双丹青手，把那“动人情处不曾描”描到纸上。她亭亭玉立湖边，一双手掬拥了新生的柏朵——嫩绿与嫩白浑然一体。我笑吟吟：“如果我是柏朵，你猜我有什么感觉？”她没有回答我，而是缩手，回捂了自己的嘴唇，笑得弯腰向柏树鞠躬。她是典型的现代知识女性，矜持与浪漫兼容，不失天真，却也不失稳重。她要我用三个字形容她：“只准三个字，多一个字就算江郎才尽！”我说：“你是真善美！”她说：“多俩字‘你是’！”一双手再次捂了嘴。我说：“手别动——打一成语！”不等她回过神，我已经脱口而出：“笑容可掬！”她的手确实好，尤其是捂嘴笑的时候。她笑起来露出白牙，仿佛灵魂就在牙上。这样的女孩坦荡。分手时她向我伸手，把优雅发挥到极致。

不久前参加母校校庆，遇见了我们的班花。 我们很自然地握手，仿佛不是第一次，但千真万确是第一次。 当年的高中生男女对立——至少多半男女对立——越是漂亮的女孩，越是被男生仰慕而远之。 我不能想象与她握手要等到毕业三十二年之后。 就这，已是上天眷顾，许多昔年的同窗今生今世都不可能握手了。 握住她手的时候，恍若隔世。

佳人与佳茗

冬至的前一日早晨，天阴得重，风吹得人心冷。 忽然接到王春的电话，是软和得人耳朵舒服的声音：“好不容易下雪了，中午想约你和韩姐喝茶，就瓦库吧！”这是天使的约请，我没有理由拒绝，当即表示愿往。

与韩霁虹按时赴约，步入了某号暖房，一桌仨人。 这不是好，是真好。 我坐在中间，左顾右盼，左右都是风景，便窃笑。 左右同时问：“笑啥？”我不语。 侧目窗口，正飘着雪花。 期盼了长久，眼看着盼来了第一场雪，禁不住喜悦。 王、韩二人往来并不多，只因了一本名叫《爱情玉米》的书，俩人一见就好像上辈子见过。 隔许多时日不见，电话交流无障碍，短信往来有温暖，真个惺惺相惜也。 她们面对面，话头就像织布的经纬线，扯出个话头，就是个说头，一个津津有味说，一个津津有味听，忘记了旁边还有一双眼睛和一对耳朵。 王春说话的时候，眉毛在飞，我真担心飞到壁上那一幅仕女图上去。 韩霁虹倾听的时候，笑脸酷肖莲花，喜悦占据了眉梢，眉梢反而安静了；轮到她说，她的喜悦就转移到脸上，似乎要隐藏在那一对酒窝里，却总是释放，与声音和合为旋律，不像在说，倒像在吟哦了。她总是显现女性的矜持，却暴露诗性的率真，能让人感受到唐诗宋词里所荟萃的那种神来之笔。王春的眼睛一直在活动，心灵的认同与眼睛同步，眼睛就发亮，透彻了心底的秘密，心底就没有了秘密，只有了元曲里那种婉约细腻与玲珑剔透。俩人有一个共性，那就是忧郁，若隐若现在眉宇里，总是被喜悦排挤，却不被彻底排除，不经意若有，一留神又若无。她们的话头不在世俗功利上停落，只在闲情逸致上恣肆，时而山水，时而花鸟；时而电影，时而音乐；时而写真，时而读书；时而游历，时而清修。不像是两个女人在聊天，倒像是两张朱唇在会话，声音化作了灵犀的溪流，传输着各自的心得与美意。

窗外，雪瓣儿随风旋飞，渐渐纷纷扬扬，像极了天花乱坠，一院的冬青簇拥，都披了白纱。一个人影儿黑装黑伞，黑围巾护严了脸，在雪花里慢走，越走越远，身后的白地上，留下了一串脚印。我就心猿意马了，目光模糊又恍惚，黑影变成了白人，渐渐地融入了冰天雪地。我不觉得是幻觉，倒觉得是时光倒回了某年某月某日，天地飞白而大白，一望无际的冰天雪地里，万象玉雕冰凿，万物银装素裹。一地白面，一眼白银。梁上坡下，田间地头，沟棱路畔，那是一棵棵树呢，抑或是人在风雪中站立，被雪包裹成了一个个雪人？耳边像是空谷人语，又像是深夜天籁，渺远如旷古，逼近似耳临。定睛，出神又入神，分明是一轴图画舒展，两个女子扑眼而来，却不远不近，不即不离。对坐，谈笑，旁若无人。一脸春色春意，一眼水情水韵。我是画外人，也是观画人，更是梦中人。无意花解语，有心月明白。画境是心境，是梦境，是禅境。打住，不生妄想，却生出梦想：当下如梦，梦如当下。 咫尺天涯远，天涯咫尺近。 拥有眼前图画，我又偷着笑了。 画中人问我：“笑啥？”仍不语，怕窗外人听见。

如梦方醒，仍坐在瓦库的暖房中。 雪依旧纷纷扬扬，王春说：“真好！ 真好！”韩霁虹说：“过来！ 过来！”招呼王春与自己并排儿坐，看飞雪直观些。 我不看雪，看她们。 我也说：“真好！ 真好！”她们幸而不在图画里，我才拥有了此时此刻。一直吵嚷明日是世界末日，是就是吧。 仨人走到街上，雪花飞舞。 握手。 明日冬至，否极泰来。

挂　面

长于上世纪五六七十年代的农村少年，对挂面应该有着特殊的记忆。我是六十年代生人，对挂面就情有独钟，一些记忆也就显得别有滋味。在我儿时的眼里、嘴里、心里，挂面是个好东西。逢年过节，农村人送礼，送一把（一斤）挂面就算得上体面了，起码是拿得出手了。我上有祖父母，姑多，年节收的挂面也多。挂面是不能随便吃的，能享受的首先是祖父，因为姑们的挂面是送给祖父母的，祖母舍不得吃，挂面就成祖父的“特供”了；其次是病号，生病了，粗粮淡饭咽不下去，吸溜吸溜的挂面就成了病号饭；其三是客人，还得是不一般的客人，或者说稀客，一碗挂面端上桌，那礼遇真是尊贵得等同祖父了。偶尔，全家人会享受一次挂面，那挂面只是点缀的，锅里煮的主要是苞谷粥，俗称糊汤面。一碗糊汤面，端到村北边老柳树下吃，村人问：“碗里有面么？”另一个村人答：“有呢，稀稀几根。”恓惶的年月，糊汤里有稀稀几根面，已经不能贪嫌了。

我上大学的那一年寒假，去母校北关中学看望教语文的陈瑞琳老师。在母校的老师里，陈老师教过大荔师范，所以工资是比较高的。他长年穿中山装，冬天是黑粗毛呢的，春秋是蓝华达呢的，不洗，或者少洗，领口、袖口永远油腻腻的，已经发毛了。吃饭节省，只在买书时慷慨，老师们背后里说他吝啬。我去看望他，赶在了饭口上，他在火炉上熬的苞谷粥已经“咕嘟”了。我虽是学生，但他仍笑着说学生也是客，坚持要给我下挂面。我去了一趟厕所回来，水滚了，他从书架的顶部取下一个鞋盒，里面只有一撮（一捏）挂面。他笑道：“这还是你师母来时买的，剩不多了，还有馍。”面下了锅，取出俩角角馍，说是从家里带的。馍放在火炉门上烤。又切碎了一拃长的葱，用小铁勺炒了。一个老碗清水面汤里，一团面条盘旋卧于碗底，漂了绿莹莹的葱花，香气扑鼻了。我与陈老师谦让，坚持自己喝苞谷粥。陈老师“恼”了，我不敢争了。一碗面，一个馍，说实话，吃得受活又热乎，额头上都冒汗了。陈老师吃完了苞谷粥，把锅里剩的面汤倒进碗里，用筷子来回搅，连洗碗水都省了。我忽然记起了从前陈老师吃完苞谷粥，必要舔碗的，双眼就湿润了。陈老师用挂面招待我，可见我在他眼里真成“贵宾”了。

我大学毕业的前一年寒假，带着搞农村社会调查的实习任务回到故乡，多半的时间却逗留于西安。我是投奔了一位大学红颜知己，她高我一级，毕业后回了西安。刚开始还十分融洽的，说笑一如既往，相处只恨时间短。我去农村调查了，再回来，她突然不冷不热了。我要离开西安返回学校的那天上午，忽然情绪低落到冰点，一个人到大学操场学骑自行车，疯狂地转圈圈，转晕了，把自己摔了个癞蛤蟆吃天。中午，她下挂面，我说了“谢谢”，心里感动了她的良苦用心，却疏忽了她的“别有用心”。她是要用挂面安慰我吗？她知道我爱吃挂面的。挺实在，一个大搪瓷碗里，干稠的一疙瘩面，把碗挤占满了，碗底还卧着荷包蛋。我眼看着她调好了的，面到嘴里，除了酸，没有一点儿盐味。我也不知为啥，把一碗没盐的面囫囵下肚了，偏不放盐。她送我去火车站，坐在公交车上，面对面，没有一句话，真是“相对无言”呀。归来时她接我，不这样的，想不通，却问不出口。我上火车后，真感觉她是“长亭送别”了。她买了一包蛋糕，从车窗递给我，转身走了。火车也开动了，泪眼模糊，还以为窗玻璃上让水蒸气糊了。若干年后，我们重逢了，她说：“我奇怪了你！没放盐的面你就能吃下去！”那碗挂面，她是有意没放盐的。至于为什么，天知道，我偏不问天。

我参加工作后的那一年冬天，接母亲到西安看病。当时我们仨新来的大学生包住了止园饭店的一个房间，母亲住不方便。一位美丽的女同事住单间，我求她，她乐呵呵答应了。她也是新来的大学生，高我一级，长我一岁，应该叫她姐的。第一顿饭是挂面，她不但炒了葱花，还炒了鸡蛋，还炒了啥我忘了，总之很“特别”。母亲吃了后念念不忘，其实我更念念不忘。母亲在世的时候，经常提起那一顿饭，说是她一辈子没吃过那样可口的挂面。我对母亲说：“那样的挂面，我也没吃过。”我们至今还是同事，每次看见她，我就想起了那一顿挂面。对我来说，那不是一顿饭，而是一段青葱岁月的回眸与回味，至少在自己的人生年谱上美好得如同一幅年画，永远贴在了心房的壁上。

梅　友

岁寒三友，我喜爱梅。

上高中的时候，有一位女同学的名字里有个“梅”字，她与我同乡，但不同班，我文科，她理科。 在一次回乡的班车上，撞见了她，高俏的个头，洗白而旧的的确良衫，总在笑，青葱的气息在脸上，一对酒窝透着早春的乍暖还寒。 一面之缘就是缘，点头，颔首，回眸，这在男女同学之间已算“越界”了。偶尔，也可能是方便的时候，停住脚步，说些不咸不淡的话，常常话里有话，需要参禅，才能明白她到底想说啥。 我上了大学后，她补习，一度在来信里消极悲观，我便以义不容辞自许兼自负，常在回信中高谈阔论些假大空道理。 书信往来渐渐密集，不知不觉中我把自己变成了一枚蚕蛹，名副其实地在作茧自缚。我们不是一路人，总在信里捉迷藏，曲解，费解，误解，终于不解，彼此都受到了伤害。 我有自知之明，在自尊心驱使下选择了放弃。 转过身来看，发生的本可不发生，却发生了，这便是“劫”！ 但也自欺、自嘲、自慰，自己给自己解套儿：人都有年轻的时候，虽说没有后悔药，却庆幸吃下的也非毒药。 人生是一本书，自己写，自己校对，至于书的命运，并不完全掌握在自己手里。往事可堪回首，心里的恨曾经有，但被岁月稀释得已经等于没有。少年心事当拿云，云消雾散，依旧月明。

某年春早，文友雅聚，一女子坐在身侧，大家拿我寻开心，众口一词说：“你猜她年龄！”我是近视眼，却摘下了眼镜，笑道：“看容貌像中学生，看气质像大学生，听谈吐像研究生，你是才女还是仙女？”环座大笑，那位女子笑得姹紫嫣红口遮不住冰雕玉琢牙，双手捂脸，却捂住了一脸的阳光灿烂。收不住笑口，就从包里掏手绢，我递给她一张餐巾纸，欣赏她反复擦拭眼泪。手伸过来，我及时热握，脱口而出：“我握的是棉花。”温软的感觉，使我忘了松手。可能时间长久了些，大家又取笑我，还真有人笑得牙疼。餐后，大家各奔东西，她邀我穿越环城公园。我说：“你真是神女，我想什么，你就说什么！”两人并肩走，她披一脊背的长发，总让我走眼又走神。远见一棵低矮的树，点缀了零星的红，她奔过去，伸手攀枝，嘴凑近了嗅，生一脸喜悦。只见僵硬而铁黑的枝杈上，花蕾可以媲美她白手上染红的小指甲盖。她告诉我，这是梅，在古城西安第一次碰见。我知道她的名字里有一个“梅”字，便做惊讶状：“原来这就是梅！”此前我确实不识梅。过了些时日，我约了一位挚友专往环城公园赏梅，友说：“这不是梅，是铁杆海棠！”我笑道：“至少像梅吧？就当作是梅。”友也笑道：“你说美属于大家，能不能介绍我认识她？”我就设局，相约在春暖花开的时节，去了一个山清水秀、曲径通幽的地方。我拿了照相机，他们便借机牵手，做出各种亲密的姿态。天地间正云雨，我偏不开闪光灯，照片洗出来，恰如同月夜的幽会。过后，我们不再主动联系，隔三五年却会邂逅。每一次邂逅，都是一篇美文。

单位楼下，开过一个美容馆，时间很短。叫个美容馆，其实就是理发馆。我怕理发，头发留得很长，背过身去，有人指说过我像流氓。我去了美容馆一次，便常去，老想理发。理发的女子，宋庆龄的打扮，一身的青春活力，一眼的人生阅历。第一次进去，对着一面墙大的镜子笑容可掬："给咱也美一下！"那女子笑容如莲花般欲绽未绽，审视着镜子里的我惊叹："我没见过这么好的头发。"总不动剪刀，说是舍不得。我急道："剪吧，还我一个愣头青年！"她说："我真剪了？"我鼓动她："干脆剪秃！"她开导我："别走极端嘛！"一不留神，变小平头了。她说："把你变回去，变成中学生！"我和她贫："研究生，咱没读过研究生，过把研究生瘾。"她一脸严肃："我认识一个研究生，老透了，咱折中，大学生，大学新生！"走出美容馆，自己先觉得眼里换了一个世界，看落满灰尘的树都性感了。上楼，一位女同事瞪圆了两眼，问："你找谁？"我板着脸："找孔明！"女同事也板着脸："孔明是你哥？"两人憋不住，开怀大笑。天热了，一到午休后她便敲门，说是寻凉快。立冬后，阳光斜照我的窗口，她必推门进来，说是找温暖。她说她喜欢我说，我说我喜欢她笑。我说她笑，时间偏快，常常忘记了按时下班。冬去春来，想着她生意兴隆，不料她关门了，不见了形影。有一年遇见了她，她开影楼，装束依旧，脸上有了岁月，不习惯了笑，话比笑还少，我便告辞了。她现在如何？天知道。我寻找过她，昔年的影楼早没影了。一切像梦，不是她梦见了我，就是我梦见了她。她是冬月生人，名儿里有一个"梅"。

一日挚友来电话，邀我访梅。正是一场雪后，天蓝得出奇，云白得轻浮，午后的斜阳普照了白花花的积雪。与友步入了兴庆公园，望见一片金黄，友说：“听说这里有梅园，还真有！”是蜡梅，雪后开得正是时候，一对男女在梅园里若隐若现。便绕了梅园且走且赏，梅香时有时无。友是高人，说：“要是月夜就好了。”向阳坡上，雪已暖化得稀薄，蹦出几株嫩绿。友说：“草已蠢蠢欲动了。”我说：“要不走近，我真以为这是一片迎春花呢！”驻足，凝视枝梢的花朵，比迎春花耐看了十分。迎春花传递的是喜悦，蜡梅花泄露的是天机，譬如此时此刻，人能感受到春之美在孕育。过了几日，报上发了我的散文《看梅》，一位女士打来电话，问：“得是写的我？”我反问：“是吗？可你是谁呢？”电话里浪笑：“你真逗，明知故问！”云里雾里，扯了一通废话，撂下电话后才想起了我的通讯簿里，有位女士姓名里确实有个“梅”字，但死活想不起了她是谁。

我在网上开博，常有一位网友访问，时间长了，就留意了，总觉是个小伙。一日，这位网友发请客帖，名单里有我。赴宴的路上，大雪纷飞，窃笑：他的网名里有个“雪”字，这就是天意了。走进酒店，迎接的女士一脸笑，一脸春风，一身黑，一身诱惑。我惊愕：“难道你是雪……”她得意：“对呀，我就是雪……”跟进了包间，总觉步入了蒲松龄笔下的聊斋，一桌的朋友都像狐仙。她劝我饮酒，我本滴酒不沾，却狐迷心窍了似的，不能抗拒，浅尝辄止即两眼灼热，宴会结束时依旧脸微微烧。她送我到冰天雪地里，冷风凛凛，我的红脸迎接了雪的飞吻。回望，一地雪白的酷冷，抵制了一身黑色的狐媚，我说：“你是天使！”来年春上，又捂了场大雪。她群发短信，说她在某个地方，红梅怒放，正宜观赏。这时候我才醒悟：她芳名里有“梅”。匆匆春又归去，总惦记着梅，就与梅约，去红草园看梅。那一日干冷而晴，满枝的蜡梅花已枯黄，怜惜中扑入眼帘一树初梅，满枝红豆，怒放的艳美却只能想象了。

我的女性朋友里，还有两位同姓，单名一个“梅”。一位认识已逾二十个梅季，也算得红颜知己。某年秋，忽然收到一封信，一页轻笺，一笔好写，像天书，字字推敲，才明白大意：身在商洛，陶醉商山，仰慕四皓。商山的云卷云舒，商水的清流清唱，勾引了她的魂魄，使她反复默诵坡仙的词：“我欲乘风归去，惟恐琼楼玉宇，高处不胜寒！”落款处有“绝笔”二字，惊出我一身汗：这像开玩笑吗？立即通知了她的领导，动用了“组织关系”，勒令她归来，她真归来，才知她真开玩笑。她说我反应过度，我说她玩笑过火。多年后她告诉我，一个玩笑影响了她一生仕途，因为领导先入为主，总说她不靠谱。我只得说：“那怪我！”她说：“连我也不怪！”她已经不是昔年那个她，她脱胎换骨了。

另一位与我相识在安康旅途。文友笔会，逛灵崖寺，与一女子同时迈过一个院落的门槛，迎来一个女僧，把那女子叫到一旁，耳语，神秘兮兮。那女子上香，我也上香。离开院落后，那女子追上我，说女僧讲，我上了香，她得了福。我笑问缘故，那女子说，一炷香十元，我未付，她垫付了。我掏出十元，坚持给她，并给了她一个理由：“我的福归我！”她接了。至此，我们结伴而游，互留电话时才知道她单名一个“梅”字。她与我握别，说：“再见！”我笑道：“你我有缘，必会再见。”还真“再见”了。一年炎夏，我参加一次捐书活动，与她不期而遇，她是受捐赠方的代表，自然分外亲热。人在旅途，这样的“艳遇”真好。

网上走动，结识了两位梅友。一位在宝鸡，网名黎眉，喜欢写，常有文章发表。一日，好友雷波打电话，说他请美眉吃饭，希望我作陪，还说我也认识。一听说美眉，我竟联想到“梅”，脑海里紧急搜索，想知道这美眉姓甚名谁，是否名字里有“梅”。她坐在对面，我问：“我们认识？”她点头频频。我却狐疑：“我们同学？你太小！我们同道？我没有印象！”她仍卖关子，让我猜。我让她说一个字，她说“眉”，我听成“梅”，却联想到“眉”，若有所悟：“你是黎眉？”她激动，纤纤玉指伸出，我赶紧握住，笑得暖昧：“你名字里肯定有‘梅’。”她惊叹：“真神人也！”“黎眉”是她名字的谐音，“眉”谐的就是“梅”。

另一位与我同城，不曾谋面，却记住了她：初梅！仿佛网名，却疑似真名。初是个姓，如果她真姓初名梅，那一定是天赐的。初一十五不一样，就是那个“初”！初梅，是初绽的梅花，还是初生的梅蕾？都美！怪，我总联想到那一年的梅约，扑入眼帘的一树初梅。她喜欢行走，吟诗，雅聚，神游。她约过一伙文友踏青，邀我，我想去的，却脱不开身，一直惋惜到现在。常去她新浪博客，她的诗养着她的心，别是一片清凉界；也常去她的腾讯空间，浏览她的雅致格调。她属于田园诗，属于婉约词，属于采莲曲，属于水墨画，属于骈体文。今年春夏，晨走大明宫，常遇一女子，总打个伞，遮雨，遮朝阳，也许还遮人眼，却遮不住面善。一袭长裙，淡蓝，淡红，淡黄，总淡淡的，合体，得体，浑然一体，总让我联想到初梅，觉得有几分神似。近日，于龙首原上与那女子近距离对视，擦肩而过后我蓦然回首，竟觉得她与初梅还有几分形似。这就怪哉！我问我：“怎么可能呢？”转而又想：“怎么不可能呢？”去初梅空间留言，问是不是我的错觉，初梅告诉我：“确实是错觉。”初梅住南郊。哈哈哈，也算“艳遇”吧！

屈指一数，“梅友”不少。想起来的，都在我文字里了。我几乎读过关于梅的所有诗词，但只记住了两句：“雪满山中高士卧，月明林下美人来。”今夜月朗，梦境寂寞，敞开了窗户，美人没来。

听来的爱情故事

听来的爱情故事，信不信由你。

当然，与其说是爱情，毋宁说是悲剧。

故事发生在上世纪70年代中叶，正“批林批孔”。在一次“批林批孔”经验交流会上，一对青年男女发生了爱情的交流。他们之间究竟发生了什么，不得而知；如何被发现，不得而知；为什么被当成严重破坏“批林批孔”运动的典型，不得而知。事实是他们受到了最无情的批判，被勒令参加革命学习班。被批判教育后，男的离开了学校，被下放到车间劳动改造；女的本来就是劳动人民中的一员，无法处分，就被劳动人民白眼瞪，鼻子哼，戳脊梁骨，当面吐唾沫，还有人把一只破鞋挂在她宿舍的窗户上。女的回到家，她妈劈脸一句骂：“羞先人呢，还不如去死！”

女的去找男的，说：“我不想活了。”

男的扶了扶鼻梁上的深度近视眼镜，说：“活着真没意思！”

两人来到渭河边。女的说：“我先跳，你后跳。”说着就要跳。男的拦住她，说：“这样不行。一、如果你先跳，我不能见死不救；二、我水性好，救你，你肯定死不成；三、渭河水浅，万一死一个，活一个，岂不两难；四、淹死后人很难看。”女的听说淹死后难看便犹豫。

男的提议登华山。华山为五岳之首，天下闻名。华山上有个落雁峰，从峰上跳下，神不知，鬼不觉。葬身名山，名山便是坟墓。

两人果然登上了落雁峰。峰头寂静。那年月，人都忙着抓革命，促生产，谁有闲工夫逛华山？两人叩拜，宣布结为夫妻。落雁峰当床，星夜就当洞房花烛夜。相拥到日落，相拥到日出。朝阳照在落雁峰上，男的照例扶了扶眼镜，说：“我先走了！”纵身跳下。女的目睹了男的身体坠落的整个过程，退了数步，倒吸一口冷气。她没有跟跳，而是转身就跑，她要跑到山下去救自己的情人。

女的找到了一具尸体，已面目全非。女的哭，骂：“你骗我，这样死更难看！”

男的家里知道了真相，强迫女的披麻戴孝。送埋的路上，女的果然一身白，但没有眼泪。下葬的时候，女的突然扯去白衣，一身红装，跳下墓穴。众人扑救，人已七窍出血。

就这样，人间又多了一桩悲剧。像所有的民间悲剧一样，此事像一阵风，刮了一阵子就销声匿迹了。岁月稀释了人们的记忆，那样的爱情即便是真的，有谁会清明时节记起？我从一位老者口中听说了此事，并根据老者的记忆，企图找见他们的爱情墓地。哪怕献给他们一朵刺蓟花，也算是一种哀思。但是，他们昔日栖息的荒草滩地早已不复存在，呈现在眼前的是一栋栋豪华别墅和一畦畦花草芳树。老者指说：“喏，就在那里！”却不知当事人姓甚名谁。他说女的七窍流血的时候，他曾经跑去叫郎中，等转身回来，女的已经挺硬了。他说，女的可能根正苗红，父亲是工人，母亲也是工人；男的可能差点，父母都是知识分子。他说，女的二十几岁，男的可能大些。他说，女的面目清秀，男的嘛，在棺材里，没看见。

继续追问，他就起身走了。

那一年高考

1981年的春天，是真正的春天。过完春节，依旧寒冷，但我的春天已经到来。心里有个高考，便急着返校。行前，我对姐说：“给我准备被褥吧，考上是一定的！”别人或以为我说满话，我就是说满话，把自己往绝处逼！满话撂在了家乡，考不上“无颜见江东父老”啊，不给自己拧螺丝不行啊！

说来惭愧，越是高考逼近，我越是不能清守志向之门，对着一位心仪的“天鹅”常生癞蛤蟆之想。初夏了，路边，操场边，教室的房阶边，大礼堂的门廊边，都有鲜嫩而绿的草生机勃勃，使人看了冲动。黄昏没有降临的时候，我喜欢一个人在大礼堂门廊下挨着绿草枯坐。我要等她出来。她喜欢坐在文科教室的房阶上，捧一本书。隔着大操场，还隔着一棵梧桐树，我放肆地看她，不怕她恼。一天，与往日一样美好的时刻，分明有斜阳泻落在操场上，却突然砸下豆大的雨点，越来越大，大到地面上起了水泡和水雾。不读书了，看雨。她也看雨，好像眼里只有雨。雨雾朦胧了她，像极了水墨画。我联想到荷，在碧波里高洁；联想到菊，在霜天里傲慢。不知不觉间，豁然敞亮，雨点变成了树上的水点，云像被撕开的乱棉飞絮，天蓝得出奇，一道彩虹如抛物线，一头在云里，一头在灞河里么？ 就看她，她竟也看我。 我确信，她看见了我一脸的欢喜。

心还算平静，尚能理性地在课本上用功，却不能抑制读小说的冲动。 先读了《子夜》，又读《红楼梦》。 并没有读懂宝黛之间的爱，却平添了朦胧暧昧的梦，是白日做的那一种。 一个人就常去坐麦地，让麦海隐蔽了自己，天地之间也就只有了自己；也常去坐灞河，脚伸进冰冷而流动的水里，感觉被抚摸的舒适，竟心旷神怡。 盼着一个人来，不来又别有滋味。 踌躇满志，不等于隐忧就无，只是高考当前，刻意回避罢了。

快预考了，一天早上起来，寻不见了书包。 报告了老师，老师也寻不着。 只有借书，没有借到地理，教地理的王向密老师将他的备课教案给了我。 预考成绩比平日模拟考试还好。 眼看着高考日期迫近，钢笔“丢”了，难受了多半天。 去食堂打饭，人挤成堆。 我坚持排队，排到了最后一位，到售饭窗口没有饭了。 失望，又眼睛一亮，脱口而出：“谁的笔？ 谁把笔掉了？”没有一个人回应，那笔就是我的了。 笔帽和笔身不配套，笔却好使，出水均匀而利落。 这支笔随我走进了考场，走进了大学。

高考前一天，钱包又找不见了。 真想哭！ 嘴噘着去教历史的徐红军老师办公室，他听说后安慰我：“愁啥？ 我娃是要成事的人，谁能阻挡？”递给我五元钱。 这五元应付三天高考，足够了。 考场跟前就是团结饭店，一碗素面八分钱，一根油条五分钱，吃馍更省钱。

关于考场，几乎失忆。 最后一天走出考场，父亲出现在门口。 他远在许庙镇上班，来回四十里。 父亲领我去团结饭店吃油条，我吃了个饱，他却只吃了碗素面。父亲看着我说："瘦了！"其实父亲也瘦了。我不知道偏巧高考这三天，父亲急性痢疾住院，天天打吊针。他是挣扎着来看儿子。我的双眼发热，便告诉他，考上大学是一定的。父亲喜欢，给了我十元，自己先回许庙了。

返回母校北关中学。进校门时，心里怪怪的，读书生活了两年的地方，忽然变成母校了。是从领到毕业证的那一刻。记得领毕业证的时候，心里突然空落。一直敬爱着自己的母校，敬爱着母校的一草一木，敬爱着给我代过课的男老师、女老师。我是真心地敬爱着，若其不然，心不会这么空落！

携着空落的心在校园独自走了一圈，竟然没有碰见一个同学或者老师。空落的心里还装着一个空落，伴生着失意，滋生着羞愧。毕业那一天，她最后一次履行学习委员职责，给每个同学退五分钱班费。她的手捏着一枚硬币伸过来，手真白啊！一走神，硬币没有接住，掉地上了，滚到了墙拐角。她去捡，弯腰的一刹那，形态美到极致。这种情景要是几年后遇见，没准儿我会管不住自己。她站起来，一脸平静，那一丝笑意几乎不能察觉。我接了硬币，看着她转身，撑伞，走远，却不死心，追到校门口，目送她在蒙蒙细雨里消失。她是一次也没回头，这刺痛了我的自尊心。

回到家里，姐姐果然给我缝被子，她对我考上大学深信不疑。她又取出一条红毛裤，说是春天给我织的，线是她的嫁妆。这时候我才有点不自信了，心里嘀咕："万一考不上呢？"

吉人天相，我考上了。不全是本事，应该还有运气。

老　屋

故乡在梦里，老屋也在梦里。老屋为土木结构，坐西朝东，低矮。听说这里原是一亩庄稼地，东西长，南北短，南北正好容得下三间房。地的主人是父亲的干大，干大慷慨，把这一块地当成了见面礼。家就搬了来，左有邻，右有舍。左邻就是北邻，垒墙的时候北邻说：“能借住（利用）就借住吧，多垒那些胡基干啥？”山墙垒了一半，不垒了，只弥合了四周的接缝。南邻的房基高，房退后了一丈余，空出一片台地做场。我家撵了北邻，南墙便正好做了南邻的避风墙。入冬的晴日，村人喜欢坐到我家南墙外晒暖暖（太阳），那里也就成了传递消息也传播谣言的地方。东面是场，与北邻四户人家连成一片，显得宽敞。西面是后院，院墙外护卫了一溜儿白杨，俱笔直而伟岸，又夹杂着槐树，荫苫了院墙，彻底挡住了外界的视线。

只要梦回故乡，梦里浮现的必是老屋，屋的结构、摆设清晰得如同身临其境。地是土地，天天洒扫，地久了不平整，隔些时日须垫土。三间房，北间算上屋，靠后院墙盘着火炕，睡祖父母。炕连灶，灶前是大水瓮，取暖，取水也方便。紧挨俩腌菜瓮，离灶台远些，一个腌萝卜，一个腌酸菜，够吃一个冬。瓮挨着梨木案板，大，方便擀面、蒸馍。十口人十张嘴，水瓮、案板当然都要大。案上靠墙支起了一条木板，摆了一排圆瓦罐，板与罐一色黑，罐里装面粉，粗的、细的，黑的、白的，都有区分。案前悬挂了一个馍笼，馍悬空，防猫也防老鼠，还容易风干不坏。灶墙上两个窑窝，一大一小，放些瓶瓶罐罐，油盐酱醋也都在那里。灶前有个木墩子，坐磨得光亮，一堆软硬柴火堆拥着。我婆烧锅的时候，猫喜欢在软柴里卧着，观火，猫眼里就红光闪烁。中间空着，方便人进出活动。前后门对称，敞开了东西过风。东门隔了场正对着一园子的桃李，斜对着南山的峰峦云涌；西门对着一排白杨绿槐，剪辑了一道风景。南间一壁纸隔开，就成了一大一小两间。小间居东，放柴火、杂物，只挂布帘子；大间居西，盘炉炕，住父母，也住我们姊妹兄弟，安着漆红绿黄黑的方格子对扇门。炕的一头，并排摆两个大红木箱。一个板柜，一个银柜，一个父亲的小书柜，充实了房间。板柜放衣服，银柜也放衣服。为什么叫银柜，不得而知，它与板柜不同的地方有二：门是拉开式，旁边带抽屉。小书柜置于木架子上，青蓝的漆，玻璃门，像镜框的拼接，装着英雄人物或花鸟虫鱼图片。一对红木椅，塞实了房间的缝隙。四壁墙上，全糊了报纸。柜上一壁中堂悬挂，两侧镜框陈列，一个大镜框里装毛主席坐像，两个小镜框里装亲朋好友黑白照片。在我们村子，这样的摆设算得上“奢华”。村里也只有我家盘炉炕，夏凉，冬日有硬柴烧热。烦人的是雨季，后院积水，水渗进炉炕里，炉洞的水用瓢淘舀，一桶接一桶地往外倒。因为阴湿，夏日竟然有蛇盘踞，听说是从烟筒进入的。我们姊妹弟兄渐渐长大了，父亲下定决心在后院盖了一间厦房。炉炕挪了进去，变大了；柜子、椅子和镜子们也都挪了进去。南间立即宽敞了，便支起一张床，供我们兄弟睡。夏季贪凉，我们争着睡床上；冬季图暖，又争着睡炕上。兄弟仨里，我最小，所以想睡哪儿就睡哪儿。

祖父母过世后，不知道是迷信，还是有啥讲究，火炕与灶台转了向，火炕靠东边墙了。厦房怕下雨，见雨就漏；厦房低于老屋，老屋檐水滴于厦顶，一夜雨，一夜咣当。父母转移到火炕上，厦房就闲置了，放杂物。柴房变成了羊房，攒粪，却招蝇子，一家人反对，羊被请了出去，南间打通，成了我们兄弟的专用房了。我上高中的第二年，家里在园子上盖起了一院房，砖木结构，比老屋高大些。我上大学的时候，大哥、二哥先后成婚，闹分家，老屋一分为二，大哥为长，居北间；二哥为弟，居南间。中间共用，后院共用，前场共用。过了若干年，二哥搬走，老屋归大哥。老屋是真老了，就像人一样，熬不过岁月的折磨，终于被拆掉，原地上另起了砖木结构的瓦房，房基垫高了许多。这一院房还在，我可能只睡过几个晚上，所以从未梦见过。

梦见的永远是老屋，老模样。没有了老屋后，反而常念想老屋的好。屋是矮了些，却是木板隔成的楼，隔热也隔冷，冬夏都舒适。楼板全被烟火熏成了一色的黑，像油墨一样发亮、发黏，让人不能不读岁月。一个木梯子接通上下，楼上只开一个小窗，白天也不明亮。小时候总觉楼上神秘，所以神往，却胆怯楼上爷爷的棺材。家里无人的时候，好奇心驱使，拿了手电筒，脚一踏上楼梯，头就畏缩，头皮发麻，却不止步。爷爷的柏木棺材虽然覆盖了灰尘，却仍乌黑发亮。丰年的时候，棺材里盛放粮食，红漆的里子瘆人得很。还有两怕：怕的是一个龙头的拐杖，龇牙咧嘴的，像要吃人；怕的是一把宽刃的弯刀，把上系了红缨子，刃锈而秃，举起沉重。都是传家宝吧？一个三条腿的木桌上，放了一尊毛主席石膏像。为什么不摆放明处呢？原来头断裂了，活放着，怕人碰着了，也怕人发现了。还有一个木箱，锁着，锁子、活页生锈，说明父亲长久不开启了，甚至已经遗忘了吧？就旋开了活页的螺丝，揭开盖子，里边尽是报纸、杂志和书。报纸是《人民日报》，杂志是《红旗》，书是秦腔剧本。我惊讶《人民日报》里竟然有刘主席的图像和报道，不知道嘴上常喊打倒的是不是他？我将这个秘密告诉了一位关系铁的同龄玩伴，他只知道毛主席，不相信会有刘主席。我也不相信，但又不能否认报纸，向玩伴指说："这个刘主席是谁？"怕怕，不敢多说，也不敢多想。要不是秘密，父亲何必锁着？《红旗》里有《杜鹃山》《红灯记》等样板戏，我看得津津有味。书看封面，人物奇装异服（其实是戏装），算不算"四旧"呢？有秦腔折子戏，也有本戏，尽是才子佳人故事，偷着看，偷着乐，乐看不疲。后来又发现了一个木箱子，不易接近，却一直惦记，想入非非。长大后，不上楼了，也无惦记了。

老屋的前门上突然一夜间被喷了红漆的毛主席头像和"忠"字，上下搭配，左右对称。出门去看，家家户户都一模一样。道是风雨无情，不过若干年，红漆脱落，图像漫漶，被要求用黑漆覆盖，父亲就买回了黑漆，将门刷成了新门，那红的底色反而更容易辨认轮廓了。老屋的门白天常敞开，刮风下雨才关闭，全家外出也上锁，却是"乖娃"锁，铁丝能捅开，钥匙放在窗台的格子里，手进去可拿，不是秘密，半村的老少都知道。听说“乖娃”锁是铜，国家回收，父亲就换成了大铁锁。这是真正的锁子，只能用钥匙开，却不常锁，锁子挂在门闩上；即使锁，钥匙仍不随身，怕丢，依旧放窗格子里。门框左右一个石礅，叫门墩。我最喜欢坐门墩上看书，一直看到黄昏。门里楼沿横一根柏木，碗口粗，去皮了后光亮，树疙瘩仍在。清明时节，两股绳子对称地系于横梁上，恰好被树疙瘩隔开、固定，下端捆绑了板子，就是秋千了。荡秋千是我的最爱，我比谁都荡得高，得意的是向门内荡，脚尖能够着楼顶，向门外荡，脚尖能够着屋檐。

老屋有园子。各家都有，对着门，隔着场。园子是通的，各种树都有，以桃李杏柿居多。园子比场高，大人腿一抬可上去，小孩子只能爬。我得意自己长高了，能一跃而上，虽然也摔过跟头。园子是小孩的乐园，四季都在里边玩耍。春天，满园的红白花惹眼，孩子都在花下垂涎，想象着挂满枝头的是果。春天刮风，花落一地，像铺了锦绣。下雨，雨后花更艳，也更容易凋落。在我眼里，那一园子的红白绿意，也就好看而已，并不留恋。夏日，园子里藏人，藏风，更藏阴凉，孩子喜欢出没其中，撵兔，逮老鼠，捉迷藏，上树抓蝉，却常常抓住花媳妇（瓢虫）。树上聚集了鸟儿，人一到树下，鸟儿必一哄而散，却不飞远，等人离开了又飞回来。挨到黄昏，以至于有月没月的夜晚，树上的蚂蚱与树下的蛐蛐一唱一和，声高声低，像极了笛与箫的合奏。蝉鸣到秋，树果都熟了，孩子们就忌讳去园子了。无论大人小孩，到了果树下，主人会警惕了眼睛久视，直到没有了人影。孩子只能去自家园子，眼巴巴地盼着桃子变红，李子变黄。盼着，树上的果却日渐稀落。左邻右舍计较，也不计较，完全取决于两家关系。譬如南邻家的园子是不能走进的，走近了也招吆喝。孩子知趣，多敬而远之。西风摇落一地的黄叶，秋尽了，园子里一夜间空阔了。盼雪，雨下着下着就变成雪了。冰天雪地里的园子，名副其实地银装素裹。把一地的雪就近堆积在树下，树就臃肿了，经冬消化，雪无踪影了，冬去春来了。一年复一年，孩子们就像树一样长大了。各家的人口在增加，老屋住不下了，兄弟闹分家，园子就被谋算着盖房了。首先占园子盖房的是北邻，我家紧随其后。园子被切割，不像了园子，像一堆堆树的聚集了。老人们相继下世了，老屋们也相继消失了，连一堆堆树也被一院院房或楼取而代之了。

老屋让人回味，更让人叹息。故乡在横岭，临近秦岭，雨水比较多。各家的前、后檐下，渠通流水，一脉向北，很少堵塞。北邻的后院盖厦房的时候，房基下预留了暗渠贯通水道，有一年忽然水流遇阻，积水漫过了我家后院的房阶。母亲用棍子捅，感觉有个东西堵着。去问，北邻赌咒发誓说没堵。又一场呼雷白雨（雷阵雨）后，后院积水不走，母亲又去邻居家，想查看一下暗渠，邻居不许，还与母亲争吵。在村干部的干预下，从暗渠里掏出了一块石头。水通如初了，两家关系却不如初了。大哥拆建老屋时，垫高了房基，又在房基里埋了暗管，前后直排，前后檐的水再也不北流了。

毛泽东说："试看天地翻覆。"故乡真是"翻覆"了。老人，老屋，老村子都老得没影了，新盖的瓦房一半被楼房取而代之，一半也在渐渐变得落伍了。老屋的时代，村子是一望的树木簇拥，屋檐只在树梢翘首，能看见的是袅袅炊烟，步入村子等于步入了林荫。老屋的房前屋后也被树簇拥，后院更是在树的荫庇中隐藏了各家的神秘。现在呢？村子变成了砖楼的堆积，也植树，树多孤单，羸弱，不成林，也就不成风景，更少鸟儿飞临、栖息。留守村子的人说，不种树是因为没有地儿种了，因为空地都盖楼了；种的树也总不长大，那还种个啥呢？

日月如梭，老屋已变成过来人的记忆了。可能不久的将来，老屋会变成传说。

放书的地方

我来自农家，记事几乎与读书同步。未上学的时候，看着上学娃背个书包，羡慕得白日做梦，梦见自己真背上了书包。眼看着梦想成真了，真背了书包去上学，一路走，一路趾高气扬。书包是母亲缝制的，各色布条（下脚料）拼接的面料。我将姐姐读过的书预先放进了书包，包鼓起来，我心里才踏实。从这一日开始，书包就成了我第一个放书的地方，课本和作业本，笔、尺子、橡皮和旋笔刀等，包括我的“秘密”，都珍藏在书包里，行走不离身。上一二年级时，书桌是一条木板，两端固定在土台上，坐四个学生。坐边上，书包可挂在桌子边上；坐里边，书包只能放脚下。书包永远在视野之内，除非所有的同学都离开了教室。放学，书包斜挎肩背上，回到家，卸下，挂在墙壁的木橛上。因为书包有“秘密”，平常十分警惕，生怕别人翻动，这别人包括兄弟姐妹。母亲不识字，不怕；父亲忙工作，不担心。上了三年级后，父亲为我买了一个黄帆布书包，有盖子，上面绣了“红军不怕远征难”的红字，一直背到初中毕业。

从上小学四年级开始，书桌都有不能抽动的抽斗，进教室后，书包直接放进去，放学再背走。书包里已有了课外书，小说或者连环画，我的或借的，都是“秘密”，不能让别人知道。别的同学知道了，就等于老师知道了，只要老师认为必须没收，那就没收没商量，哭鼻子也不顶用；姐姐或哥哥知道了，如果课外书被说成坏书，母亲就知道了，少不得挨骂，甚至挨打。偏是“坏书”读的冲动越大。既然“秘密”在书包里，就必须提高警惕，保卫“秘密”，防止“泄密”。谢天谢地，我的小学时代，庆幸没有发生过“泄密”事件。我周围爱读书的同学，几乎都有过书被老师没收的“劣迹”，在课堂上挨尅，放学路上被同学刮鼻子，回到家还不免挨打受骂。

书多了，书包放不下了，“秘密”放在书包里不保险，就思谋着拥有一个书箱子。父亲是偏爱我的，可能望子成龙吧——何况我是属龙的——很快满足了我的愿望。所谓书箱，后来才知道是腾空了的包装箱，经过木匠改制而成，可以上锁。那是个书荒的年月，只要是书，就被高看，也被觊觎，不排除被当成“四旧”告发，所以加锁的书箱是放书最放心的地方。一本书被玩伴惦记，常常纠结于借还是不借。并非吝啬书，而是心疼书。书被借出去，弄脏弄烂总还有“尸首”，可常常是有去无回的时候多，借给容易索回难。倒不是借者想据为己有，总是读不完是真的，也有总是读不够的。我有一本连环画，玩伴借去看了不知多少遍，还想看，索要，他总是请求延长时间，真延长了，我可能忘，他也可能忘，不忘也可能丢了。村里的玩伴像我这样拥有书箱的并不多，多数人家罕见有书，即使有，多半是借的。珍爱书的，把书藏在墙壁上的窑窝里，防丢；不珍爱书的，书随便放。没有桌子，趴衣柜上读书，不读了就放衣柜上；坐门墩上读书，读不进去了，书顺手放在槌布石上；睡炕上读书，读迷糊了，书就放在炕拐角；上后院（茅房）读书，起身离去，书竟放在茅坑边上；也有把书放在他娘针线蒲篮里的。我忍痛割爱借出去的书，有过这样的记录：一本被猪啃了个面目全非，一本被猫撕了个惨不忍睹，还有一本掉进水瓮了，捞出来晾干，皱巴巴的，书不成了样子。凡是这样的玩伴，一律翻脸，三天不和他招嘴。

我上初中后，还有了书架，是父亲请木匠为我做的，不是很大，两三尺见方，两层，书可以竖立，有一个可以起合的盖子，加锁。书柜摆放桌子上，气派，玩伴见了眼馋，非要让打开，开眼界。与玩伴拉钩，玩伴赌咒发誓不借书，我才肯开锁。我已有了炫耀的虚荣心，但通常不炫耀书，心爱的书藏着自己看，才心安理得。玩伴听说我买了新小说，就像饿猫闻见了荤腥，馋死了，不叫我名字，叫叔叫哥了。我家辈分高，年龄大的本该叫叔，叫名字我也应声，忽然改叫叔了，那一定是“黄鼠狼给鸡拜年”了。

我上重点高中了，真成了家里的“重点”，全家人都礼让我，高看我。自记忆里开始，炕头有一个木架子，架上有一个柜子，对开玻璃门，内中三个隔板，能放三层书，但只放了两层，另一层放了别的“宝贝”（在我眼里，父亲锁起来的东西都是宝贝）。书是精装的，粉红色的封皮，烫金字，一直好奇，长大了后才知道是药典，父亲曾经当过药店营业员，跟着老中医学医。书柜刷了灰青的漆，玻璃被木格子区别成对称的三个方镜框，装裱了花鸟、虫鱼、瑞兽、英雄等图片。我时常注视那花鸟、虫鱼、瑞兽，总觉是活的，鸟能飞起来，鱼能游出来，兽能跳起来。雷锋在读书，活灵活现的。他如饥似渴，我也如饥似渴，这便是榜样的力量吧？我没想到这个柜子归了我。这算是我第一个书柜呀，却谈不上喜出望外，因为我的心已飞出了家，飞向了梦寐以求的地方。我去县城读书，父亲为我准备了结实的书箱。我的欣慰是不言而喻的，因为我的“秘密”多少有点“见不得人”了。盘点我的“秘密”：第一是书，因为面临高考，一些书涉爱，确实诱惑之至，所以动摇鸿鹄之志；第二是书，我买的诗词、立志书，怕同学看见了笑我“好高骛远”；第三还是“书”，书信的书，是写给一个高年级女生的，她先我一年上了大学，我是真正的“癞蛤蟆想吃天鹅肉”。当然，“秘密”里还包括我写的文字，我已经做文学的梦了。高中毕业，携一箱子书回家，有“书中自有颜如玉，书中自有黄金屋”的自豪感。那个玻璃书柜还闲置着，放进去的多是积攒的课本，都“锁进金笼休共语”了。暑假对我来说漫长又忐忑，心思已不在书上了。早晚给那个女大学生写信，写了撕，撕了写。我不知道为啥要写，也不知道为啥要撕。写的是我非非之想，撕的是我痴心妄想。接到大学通知书的那天，我焚烧了珍藏在书箱里的所有“情书”。既然是“秘密”，还是放进肚子里吧。“少年心事当拿云”，与李长吉真是心有灵犀了。

兰州大学的四年，把一个后生变成了书生。我知道自己是蚕，作茧自缚是宿命，挣脱不了，也不想挣脱，就这样了吧。大学里有图书馆，有时间，就有书啃，完全可以贪得无厌。书生有个别称，叫书虫。书虫嗜书，不由自主。每到周末，我必去天水路那个新华书店，买我想买的所有书。大一没读完，书已经没有地方放了，便给自己的床头做了一个书架，放的却都是些别人可能懒得动的书。 凡是我不想被借走的书，仍锁进箱子里。 日积月累，书堆满了床底下。 可怜的书，只能与臭鞋、灰尘为伍了。 毕业后回西安，书装了八纸箱子。 偷着笑自己："你是守书奴吗？"我是真爱自己的每一本书，包括杂志。 多半的书已经读过了，有的读过几遍。 读过的，没读过的，今后还读吗？ 真没想过。 书拉到出版大院后，放哪儿呀？ 连办公室都没有，只好放地下室了。 那里是出版社书库，也算得是"物以类聚"吧。

惦记着地下室里的书，却白惦记着，没地方摆呀。 出版社给编辑配有一桌一柜，桌是"一头沉"，柜子分上下，开两扇四对门。 出版社是图书"加工厂"，不稀罕书，时间不长，柜子里就"书满为患"了。 这些书都不花钱，也不心疼，谁想要就给，时常还主动给来访者。 逢年过节，大扫除，第一"扫除"的就是书。 书柜已增加了几个，仍不够，常用的书占了一半桌面。 自己心爱的八箱子书，仍在地下室里"受潮"着。 对未拆包的书来说，爱是没意义的。

结婚时一穷二白。 父亲花七百元给我置办结婚家具：床，大衣柜，一对床头柜；椅，写字台，一对书柜。 租屋，二十平方米，书柜靠墙，最显眼，也最尊贵。 书柜分上下，上边开架，下边开门。"暗无天日"的那八纸箱子书终于"重见天日"了。 每打开一箱子书，我先吻一下。 无意中看见镜中我，嘴上一圈黑，像极了胡子。 呵呵，小伙子成熟了？ ——我自嘲！从这日开始，我就留胡子了。 两个柜子就像掐尺戳寸做的，八箱子书刚好摆满。 仍然有"见不得人"的，放进下边柜子里。

仍然怕人借书，就写了“书不外借，免开尊口”的字条，贴在柜子上。妻说：“有用吗？”我的狐朋狗友都嗜书，对他们没用。这八个字，宣示态度而已。他们与我一样，书虫的命：跳出农门，走出校门；不是教书，就是科研；不缺才华，但缺钱花；最爱读书，没钱买书。我是出书的，找我“蹭”书顺理成章。我也神经质，谁说想我了，我回敬曰：“是想书了吧？”谁来找我，我就赶紧把自己疼爱的书藏起来。常“藏”不住，有些朋友进门不看书架上的书，偏要开柜子，眼毒手快，抽出来一本就不想放回去。我的书常“丢”，“丢”给谁了，我心里有谱，偏装糊涂。书能被“抽”了去，也是书的福分。被“借”走的书，有“借条”，甚至有“保证书”，可至今罕有再回到我书架上的。起先也“耿耿于怀”，渐渐地竟“释怀”，甚至觉得是明珠高投了。

拥有单元房后，第一个愿望是整一壁书架，为此专门请了南方的木匠，做了四个书柜，全部松木板，咖啡色烤漆。两室一厅，最大的房间做了书房，新做的书架子正好摆了一面墙。喜新却不厌旧，虽然新旧颜色不搭配，但旧的书架还是进了我书房，就这，书还是不能都上书架。妻说：“卖吧，卖吧，也不嫌占地方！”我确实嫌占地方，可要当废纸卖，于心何忍？我是宁愿白送人的，可送谁呢？毕竟是自己挑剩的。孔子说：“己所不欲，勿施于人。”罢罢罢，把一三轮车书卖给了收破烂的。

拥有了书房，独自坐在沙发上，拥有感等于了满足感。有友来访，啧啧称羡。来者是既羡慕我拥有书房，又羡慕我拥有一屋的书。访客中常有三叹：“哇，这么多书！”“难怪你有学问呀！”“这书得值多少钱呢！”也有三问：“这么多书，都读了？”“能读完吗？”“读了有用吗？”通常情况下，我只需要保持微笑。自然了，我的书我知道，这一屋书，可以说多，也可以说不多，看相对谁；这么多书不能说与学问无关，但也不能说就等于我的学问；书值多少钱，我真没想过。当然，我一无所有，有的也就这一屋的书。能读多少呢？记得租屋而居时我夸过海口，底气十足，说是两柜子书都在我脑子里。如今六柜子书，我读了多少呢？我沉吟了，乐观估计也就三分之一多些。至少有一柜子工具书，常查阅的也就三两本。读文学的时代过去了，偏偏文学书籍最多。朋友赠送的书能装一柜子，心里是既珍视，又惭愧，读的并不多。不是不想读，是读不进去。读书好比做爱，不感兴趣，也就不“霸王硬上弓”了。

此后，我搬过两次家，房子一次比一次大。所谓搬家，主要是搬书。家具一直是弃旧纳新，书却是新旧通吃，越旧越爱，博爱，求爱，爱不释手，日积月累，只能堆地上了。书房不像了书房，像书库了。搬家不愁书多，却愁一样：一些书明知无用，还搬走吗？不搬走的书，命运只有一个，就是让拾荒的用车拉走。在拾荒者眼里，那摞了一车的不是书，是称斤论两的废物，比不得废铜烂铁值钱。一些书闲置了多年，甚至未翻开过；一些书确实没用了，搬来搬去，没有意思；一些书在可有可无之间，譬如鸡肋，食之无味，弃之可惜。不咬牙是不行的，一咬牙，都让拾荒者收拾去了。

我现在拥有两个书房：南书房，北书房。仍然是八个柜子。父亲买的两个书柜“离休”了；住安远门外时买了两个书柜，价格不菲，却经不起书的重负，也“退休”了。住红武里时做的四个书柜仍然“健在”，继续留用；另外四个是定做的，全木，三开门，比原来的都大。已经住了三年，柜子里的书放不下了，只好又堆地上了。说来惭愧之至啊，堆地上的一半是精装书，八开本，装订考究，纸也奢侈，定价动辄数百上千。这些书都是受赠的，出于礼貌不受不行，出于良知，扔了更不行。拿回家了，总得给它们找个地儿吧？一般书架是不好放的，也占地方。我的书架都“一般”，伺候不了它们。还有一半书平装，也是受赠的，赠者多是一面之缘的文朋诗友。不是我不敬重他们，实在是书柜容量有限。这些书都有作者签名，送人不合适，卖了更不合适。也不是不读，读不过来。真是时代不同了，谁都能出书：有钱、有权的人出书，没钱、没权的人也出书，有的一年一本，有的书可等身。年纪大的出文集，年纪小的也出文集，一出一尺厚、数尺厚，谁读呀？自己读自己，都未必有兴趣，能指望他人乎？

我的办公室，也放着几柜子书。做书的，书来得容易，不珍惜也在情理之中。我有一位同事做副总编辑，退休前两年，就开始转移办公室里的书，每天车接送，顺手拎两包，退休半年后，书还未搬完，最后一次动用了卡车。他送了我一摞子书，全部精装，说是留个纪念，我笑纳了，却愁得不知放哪儿。一位退休十多年的老发行部主任来访我，在门口徘徊，不敢进，进来问我：“这是发行部，还是编辑部？”他老眼昏花了，看不清了我的脸，耳朵却灵，听清了我的声，说：“你干发行了？”我说：“这是编辑部！”他笑了，说：“我过去的发行部，也没有放过这么多书！”我苦笑，却不知该如何解释。编辑部三天两头有新出的样书送来，一些书你要他也要，不几天，没了。很多书你堆地上，人来人往，鲜有顺手牵羊的。倒是隔三岔五有废品回收站的人踅摸进来，指着一地书问：“处理吗？”常来，面孔都熟了，我忍不住回敬他们：“在你们眼里，这都是废纸吗？”“请”出去，过几天还来，继续嬉皮笑脸。他们是出版社的寄生虫，有的腰缠万贯了。

书是多得没地方放了，读书的时间却是越来越少了。编辑部的任务是审稿、发稿、校对，处理与书相关的一切善后工作，哪里还有读书时间呢？我刚到出版社的时候，图书室与阅览室常有人出入，有六七个人在打理，现在呢？阅览室没有了，图书室已无人光顾，唯一的管理员成了保管员。不是编辑不借阅，而是编辑顾不上借阅、用不着借阅、没必要借阅了。出版社自负盈亏，编辑得“挣钱”呀。书是越出越多了，却是越印越少了，编辑部不得不广种薄收，编辑的压力可想而知。书出来谁看呢？没人看的书，谁肯下功夫加工呢？就算审稿中需要查阅资料，鼠标一点，百度上啥知识都一目了然了，谁愿意去图书室拂去陈年灰尘，然后弄自己一鼻子灰尘呢？图书室是放书的地方，就让书在那里永远放着吧！

我给知心朋友说，书和读书仍然是我的最爱，但现在的爱和从前的爱真有云泥之别了。在农村时，只要是书，都视若珍宝，都饥不择食，都百读不厌，读过的也几乎都过目不忘。现在脑海里储备的知识，张口就来的，多半是年少时读书所得。我拥有两柜子书的时候，顺手摸出一本书，书上必有我阅读过的痕迹，也多有眉批，读时的心情、心得几乎与每本书可以一一对接。我拥有六柜子书的时候，几乎柜子上的每本书都能说出来历，一些书虽然久违了，却仍能唤起梦一样的记忆。现在，我有了两个书房的书，书却与我有了“隔”的感觉。当年的心爱，如今不爱了；当年“锁”起来的书，如今“展”出来了；当年读起来脸红的书，如今兴味索然了。许多所谓的经典，当年咬了牙买回来，至今没有通读完。是书见多不爱了，还是书读多厌倦了？是书今非昔比了，还是读书百无一用了？是岁月虚化书的价值了，还是时代弱化书的功能了？若有所思，若有所悟，却也怅然若失，发痴发呆。书不被读了，占据两个书房真有意义吗？

母校的回味

1978年秋，一个消息鼓舞人心：北关中学成了省级重点中学，开始从全县择优录生，我的侄子张养勋榜上有名。养勋与我同岁，比我早上一年学，捷足先登，无疑成为我张姓同门的荣耀。自然了，同门族人的目光也聚焦在我的头上，使我倍感压力，又倍获动力。我不甘示弱，比往日用功了十分。第二年秋考后，我是既踌躇满志，又忐忑不安：万一考不上呢？万幸没有发生“万一”。我至今记得那个下午，天蓝得不是了蓝，是海，云白得不是了白，是棉，西斜的阳光比往日格外明媚、祥和、可爱。我正在槐坡割草，村里一个比我小一岁的女孩跑来说：“你考上重点中学了。”一脸兴奋和喜悦。我却压抑兴奋和喜悦，故意在嘴上不自信，吓唬她：“你要是哄我，晚上出门必遇见红发鬼，舌头能拖到地上。”真吓住了她，两颗泪豆豆滚落，真个楚楚可怜。我又不忍了，甜言蜜语劝慰她，使她破涕为笑。没有心思割草了，急步往回走，路上遇见的人都向我笑，有的说：“你把书念成了，将来肯定住大学！”我开始相信了，走进家门，父亲从镇上回来了，看来消息千真万确，我不再忐忑了。

接下来的心情不言而喻：盼着报到，盼着上学。偏不凑巧，我住院了，上学报到推迟了二十多天。父亲送我，我坐在一辆手扶拖拉机上，穿过县城繁华而泥泞的街道，眼里却没有了街道，一门心思都在对北关中学的想象中了。经过一个苞谷地，苞谷秆都抱了“娃”，头上的红缨缨透着精气神。一围的树木掩映了一院墙壁，墙内蓊蓊郁郁，我猜必是北关中学无疑了。北关中学的校牌十分醒目，我的自豪感油然而生。铁栅栏门里，冬青围护了一个半圆的花园，树木阴森，一地兰草，一地墨绿，一地勃勃生机。雨雾迷蒙，感觉如同在仙境行走。父亲先领了我去见教历史的徐红军老师。徐老师胖，笑容酷肖如来佛。徐老师领我去见班主任李恩荣老师，他是东川的乡党，教数学，瘦，一副深度近视眼镜，脸酷似孙悟空。李老师带我去教室，我一路走，一路东张西望，自豪感化作轻盈的脚步。砖铺的道路，纵横笔直，树木拱卫而荫庇，雨雾里透着一种学府的高深莫测。偶尔见黄叶落地，平添了点秋意，心里仍美滋滋的。两排平房，砖木结构，房檐考究。我属六班，教室位于北排的最东端。第一次走进教室的情景忘了，却记得第一节语文课上，步入一老者，毛蓝色四兜中山制服，背头，声音细细，文质彬彬。我被安排在第二排左侧靠墙的座位，比较容易引起上课老师的注意。我已问知，语文老师姓陈，名瑞琳。他指我，命令我站起来背《荷塘月色》。他不知道我上初中的时候，《荷塘月色》已倒背如流。他表扬了我，下课后说：“跟我来！”跟进他房间。陈老师一脸和悦慈祥，指着床沿说：“坐！”我的心口顿时发热。他让我写一篇作文给他，我乐得从命，当天就写成了一篇。

紧接着就是国庆放假。对我来说，那是一个富有诗情画意的梦中国庆。放假了，校园静悄悄。我没有给自己放假，我要把耽搁的时间追回来。一个人坐在教室里，诗情放飞，写作冲动不可遏止。一个人走在林荫道上，左顾右盼，心潮澎湃，连飞的感觉都有了。毗邻道路的墙壁上，各班新办的黑板报带着国庆节日的喜庆图案很吸引眼球。理想的豪言壮语，立志的格言名句，抒情的散文短章，无不与我的心灵发生着共鸣。秋雨终于不再淅沥了，草茂盛而绿，落地的树叶反而刺激了我的灵感，使我浮想联翩。我喜欢拿着书本满校园转悠，转悠就惬意；我喜欢伫立操场的中央感受一种自我的孤独，孤独使我文思泉涌；我喜欢眺望女生宿舍门前的花园，那红红绿绿的世界，那穿梭翻飞的蝴蝶，那清风送来的芳香，都令我心旷神怡。那巍然屹立的乳白色水塔暗合了我的志向，使我仰望而放飞了理想的翅膀。

我有过蹉跎岁月，但北关中学的两年读书生活没有蹉跎。虽然我不能确定将来做什么，但榜样的画像在教室的墙壁上如同耳提面命，老师的教诲在课堂上如同雨露滋润。我喜欢北关中学的校园，喜欢花园里隐喻了屈子诗魂的兰草，喜欢了绒线花树开花时节的那火一样的热烈与烂漫，喜欢了夏日里林荫道的寂寞与清凉，喜欢了节假日校园里的幽静与安详。各班的黑板报周周刷新，报栏里的报纸天天更换，外界的信息扑眼而来，常常使我激动过后独自在林荫花丛中徘徊、遐思、孤吟。碧云天，霜叶地，不生凄悲，反生凄美。我喜欢这样的早晨，喜欢寒气微微中的朝阳，喜欢朝阳抚摸时那种朗读的怡然自得。校园被田园环绕，能听见牛耕时农人的吆喝，能闻见翻地后的土香，能分享夏秋收获的喜悦，四季读书哪怕声嘶力竭也理直气壮。特别是夏秋，早晚都有鸟鸣、蛐鸣，午间还有蝉鸣。月夜走路，蛐鸣如同天籁，灯光如同星斗，少年情怀天知地知，信心满满，脚步从容。多少年后的多少次梦里，这样的月夜不知重复过多少个轮回。可以说，母校潜移默化了我，我也心领神会了母校的春风化雨。我进校时十五岁，离校时十七岁，恰恰是这两年，我在不知不觉中由少年懵懂而青年觉醒。理想与激情互动，梦想与清苦互助，滴水日积月累而汹涌，火苗一夜间化为火焰。还有爱，时而真切得如同兰草，寄生脚下，也寄托脚下；时而朦胧得如同烟雾，若即若离，若有若无，若真若幻。此后经年，我对母校的兰草一直魂牵梦绕。我爱兰草，可能是对母校的一种依恋、一种解读、一种思念。

两年里，很多老师言传身教了我，使我在耳濡目染中受益。一种感觉很奇妙：岁月渐行渐远，一些老师的形象反而清晰得如同图画。北关中学之所以美誉远播，首先是因为老师不同凡响，他们既是母校的灵魂，又是母校的风景线。我感恩所有给我讲过课的老师，也感激所有令我敬仰的老师。我爱母校，这是唯一的理由。当我步出母校的时候，一些老师成了我心灵上的一尊碑。多少年过去了，岁月在碑上镌刻着我的所有感恩和感激。在文学上，对我影响最大的是陈瑞琳老师和李建邦老师。正是陈老师的启蒙、鼓励，使我每天都有了写作文的灵感和冲动。他不厌其烦地帮我修改作文，向我推荐文学读本，向我讲说文学家的故事，他甚至把自己心爱的书籍赠送给我。从陈老师身上，我领教了师道尊严不是不近人情，而是宽以待人兼诲人不倦。 我不认识李老师，知道他是因为在《光明日报》副刊上读到了他的一首诗，几乎是一刹那间他成了我的榜样和标杆。 我曾经跑到他家的窗前，对着灯光和人影默立良久。 我几次看见他伺候卧病在床的师母，听说这样的伺候持续了十几年。

还有两位历史老师令我念念不忘。 一位是徐红军老师，他是我父亲的朋友，对我的关怀、关心可谓无微不至。 我有过委屈向他倾诉，也有过困难向他求助。 他像慈父，对我有求不拒。 他诙谐风趣，喜欢反话正说，正话反说，批评学生常常冷幽默，令学生汗颜之后顿生醍醐灌顶之感。 另一位是李应虎老师，他教文科历史。 他与徐老师相反，不苟言笑，课堂上几乎不说闲话。 他站在讲台上，第一句话是“把书翻到 ×× 页”，然后开讲，条分缕析，一丝不苟。 有一次模拟考试，出题是关于美国独立战争的，我却答成美国南北战争，成绩可想而知。 李老师讲题时说：“如果是高考，你想会怎么样？ 大学之门本来敞开着，却突然闭上了，你说窝囊不？”下课后我惴惴不安去找他，他却笑眯眯说：“哈，这是好事，这下印象深刻了，高考起码不会犯低级错误了。”我始释然。 毕业后与他一直有来往，他是可信赖的师者。 我不能忘记李向密老师。 分科前他教英语，分科后他教地理。 他讲地理引人入胜，课堂上永远笑声朗朗。 临近高考，我丢失了书包，他把教案给了我。 考上大学后我把这事讲给同宿舍的同学听，他们都说：“你李老师真好！”在此，我不能不提两个班主任老师。

文理分科前有一次考试，我的数学考砸了，不及格，班主任李老师当着全班同学的面说：“你要能考上大学，我拿颡（头，陕西发音读 sá ）走回咱东川去！”我收到兰州大学录取通知书后去看他，徐老师带着我，他说：“恩荣，娃考上兰大了，我看你得用颡走路了。”李老师笑吟吟道：“你不知道，我那是激娃！”我与李老师握了手，并坦白：“李老师，你确实激了我，我很感激！”

文理分科后，我进了文科班，班主任是王至正老师。王老师给人的第一印象有如他的名字：至正！他有风度，有派头，批评学生时伴雷霆，同学多怕他。学校让报考航空学院，我没报名，班长问为啥，我说：“明知道没希望，何必浪费时间？”班长说：“你是团干部，你不报名，我也不报名！”结果，全班报名的寥寥无几。王老师大发雷霆，质问大家：“你们有无爱国精神？”逼问大家：“你们都不报名，想干什么？”班长实话实说，气得王老师脸色乌青，喝令我与班长站起来听训。我去向王老师认错，王老师却一脸温和说：“我今天主要是训你，想让你记住老师一句话——人生如履薄冰！”第二天上课，他板书了四个字：“防微杜渐。”这两句话，十个字，我当时并未完全理解。岁月如梭，冷暖自知，有了人生阅历后终于觉悟了王老师的良苦用心：人生果然如履薄冰，不防微杜渐，容易忘乎所以。

给我留下美好印象的，还有李美蓉老师、张永夫老师、费自学老师、陈瑞兰老师。李老师也如她的名字：芙蓉如面柳如眉。时髦女性的古朴打扮，粗黑而长的一对辫子，刘海垂眉，辫梢上红绳点缀，摆动一种天然的美。她教文科班数学，语气温柔，却柔中藏有锋芒与尖锐，学生不怕她，却敬她。数学在她嘴里别有天地，使我由反感而着迷。我觉得数学是一盏灯，灯不拨不亮。我能考上大学，多亏了数学这盏灯。张永夫老师教政治，天生一副政治脸，让人联想到警察。也怪，我每次见他，他都笑，不失温和，使我有了亲近感。政治课枯燥，但有哲学，有经济学，这种启蒙足够一生回味。费老师也教政治，他的课堂却热烈生动，学生大喊过瘾。他使我相信，政治其实也是一门艺术，关键看谁讲，怎样讲。高考前费老师开辅导课，外校学生纷纷慕名而来听讲，以至于不得不把课堂搬进大礼堂。我与费老师并不熟悉。一次早餐时，学生排队打开水，一名高大魁梧的补习生在我面前插队，还嫌我挨他太近，出言不逊。他穿着黄大衣，一脸凶相。听说他来自西安市，走路看着天。我打了碗开水正走开，他嫌我盯他，不但辱骂，还作扑打状，我失去了理智，一碗水连碗砸过去，擦身而过，水泼了他一身。幸亏是冬天，棉大衣厚实，没烫着他。当时费老师正值班，拧住我耳朵呵斥："走，到我房间去！"我被拽进他房间，他出去，可能逼退了那个尾随而来的补习生，又回来，说："我是保护你，你明白不？那货别说你，我都打不过！"接连好几天，我担心报复，终于没有遭到报复。事后，我听说费老师做了那补习生的思想工作。至于费老师说了啥，不得而知。陈瑞兰老师教文科班英语。我不爱英语，陈老师说："你可以不爱，但你不能不学！"她常补课，我很反感，却也很有收获。我高考英语得了二十八分(满分五十分)，这是她所赐。陈老师太敬业，学生对她不太理解，等毕业了后回想，又念叨她的好了。

母校留给我的印象确实只有好。虽然宿舍窗户失修，不挡风寒，但同学们睡通铺，你拥我挤的，倒也冷中有暖有乐。记得离校那天，我几乎走遍了母校的角角落落。我听说脚下埋着荆轲，却找不到荆轲的墓地，只能对着一个水泥高台行注目礼。我走到了水塔下，不认识盛开的花朵，却有理由爱慕花朵的生动美丽。没有蝴蝶，却有麻雀起落。大礼堂里虽然空荡荡的，但昔日开会的喧闹似乎还在耳际萦绕。食堂外寂静，房阶上蹦出了蒿草，两年的伙食虽然以杂粮为主，但还算不错，比家里好多了。食堂北边是树林，平日罕有人去，听说有松鼠、兔子出没。这树林既屏蔽了原野，又成了校园与田园的分野，给母校披上了一层神秘的面纱。我故意从校办工厂门前走过，铁栅栏的围墙里，树木簇生而拥护了厂房。这个工厂当年非常驰名，常见一位师傅模样的人半驼了背出入，那一身灰白色劳动布工作服油腻腻的，有学生指说：“嗨，那就是段厂长！”我毕业后，段厂长成了段校长，那是后话。段厂长的妻子是图书馆管理员，我们文科班的教室就紧挨着那图书馆，借书方便。我常借书，觉得管理员挺好。教室的门已上锁，我抚摸了门锁，又抚摸了紧挨我座位的窗户。我在抚摸时双眼酸涩湿润。已经高考，自信平息不了忐忑，可以说前程未卜。离开时我没有回头，却鬼使神差地去了老六班的教室。两排教室外，几株核桃树遮天蔽日，给教室的夏天输入了清凉。正是雨后初霁，地面接近风干。我背靠了一棵核桃树，沉吟良久。一年前，我早读时喜欢背靠这棵树。老教室也是铁将军把门，门锁有点生锈。教室东边，是一排厕所，我决定“光顾”一次，算是一种留念。出来时碰见了一位学妹，她绷着脸，拿着一本书。与她擦肩而过，她面无表情。我相信她的心里，一定揣着与我一样的梦想。转身，目送她走远。我仍不想离开校园，便步入了校门内的花园。冬青树依旧精神抖擞，倒头槐依旧焕发生机，兰草依旧覆盖了石径，绒线花树依旧冠盖成荫。我猫腰进了花园，撞见刚才那位女生已坐在石礅上读书，即轻了脚步，悄然退出。

她正沉浸在梦里，最好不惊动。出，转到操场。每天出操，至少我感觉把志向输入了自己的体格。操场的哨子声、一二声、脚步声，是青春的旋律交响，是精神的陶冶培养，在眼前却突然渺茫。我不爱体育课，但我爱操场。高考前，我们这些等待祖国挑选的莘莘学子把操场当床，仰首面对星空明月，眼睛真想永远睁着。脚下的操场尚未干透，已经有绿草生动了。几乎每一个明月夜，我都在操场上独步徘徊过。我读过一篇《明月作证》的小说，也希望明月作证：真的，母校给了我很多！

我曾多次回过母校，一般都悄悄来去。我的心我知道，我是要重拾我的梦想，重温我的志向，重建我的信心，重构我的蓝图。当然，母校还有我的老师继续释放光热，还有我的同学高校毕业后反哺母校，延续薪火。我曾经在教室外游走，为的是透过窗口，窥视那一排排桌凳、一摞摞书本、一张张如饥似渴的青春脸庞。起初，他们在我眼里是学弟、学妹，渐渐地，我已经不能再以学兄自居了。三十年后重回母校，坐在教室里的已经是下一代了。看着他们的一脸稚气，我知道那就是从前的自己；看着他们的苦学背影，我知道那是我曾经的影子。火热的青春离开了我们，却没有离开母校，有满教室的苦学儿为证。母校是田地，也是苗圃。莘莘学子犹如树苗，给他们阳光、空气和水，树苗就会成长，有的还会长成栋梁。母校已今非昔比，花园一样的校园比当年更具魅力，一栋栋现代化教学楼和一个个多媒体教室立体展示着实力；基于“放生教育”的教学理念已经开花结果，由此而激发的潜力与活力使母校如同青松傲霜雪般巍然屹立。我有理由深信不疑：母校的今天打造的正是母校的明天。

吃苦的岁月

先要声明，我所回味的岁月并不等于吃苦的岁月，之所以冠以“吃苦”二字，完全是出于今天的语境。在今天孩子们的眼里，我们经历的就是吃苦的岁月。

我清楚，作为“60后”，我未必更有资格数落“苦”字。我生于1964年，“三年困难时期”已经过去，往后只是“逮”一句两句大人的口风而已。大人总爱说村里闹饥荒，有人吃苞谷芯子，如厕拉不下，憋死了。母亲爱说吃食堂，村里把一个大铁锅安在我家后院，早晚防我家老小如防贼。一次丢了一个馍，村干部把我家里人挨个审问，虽然不了了之，屈辱感却可想而知。

我出生在正月初五，村里人都说我“有福”。渐长，我才明白所谓“有福”，其实指口福。春节第五天，年味正浓，村里人忙转圈走亲戚，顿顿都有好吃好喝。闪过正月初七，吃喝就有减无增了，只有残羹剩饭打牙祭了。在乡村记忆里，吃喝一直是头等大事，所以有吃有喝当然是福。与同龄的玩伴相比，我可能还多了一个口福，那就是长到九岁了，还有奶吃。

这在当时羞得我难以启齿，以至于变成我的短处。羞我的玩伴们蹦跳着抠脸念曲曲：“羞羞羞，把脸抠，抠个渠渠种豌豆。”我之所以必须吃奶，是因为小妹前的几个弟弟未能活过满月，我不吃奶，母亲便要“受罪”。至今记得清楚，我婆房前屋后找我，就是哄我回家吃奶，万般难堪，万般无奈，被玩伴们“羞辱”便不可免。可能得益于这一口福，我小时候胖乎乎的，比同龄娃长得蛮势，打架常占上风，所以竟得了“娃王”的绰号。

有了记忆多半是上学之后，对穷并没有概念，也没有贫富的观念。玩伴们在一起，常比家庭成分，雇、贫农最光荣，地、富农最可耻，中间的中农最尴尬。好在中农还分上、中、下，我家是下中农。歌曰：“贫农、下中农一条心，天南海北一家人。”每唱此歌，我遗憾有之，咱不是贫农嘛；欣慰有之，咱毕竟是下中农嘛；庆幸更有之，咱不是地富反坏右嘛！就吃穿而言，无论家庭成分如何，同龄玩伴们都差不多，裤子开裆都开裆，浑裆都浑裆，衣衫则多便衣，少制服，粗布料，黑灰色，补丁摞补丁，穿新衣服一般得等到过年。相形之下，女孩身上多些亮色：红头绳，花包巾，纺织的花格子或细碎花外套。冬穿棉，棉衣里多半是光身子；夏穿单，背心、短裤省布料。一村的人吃啥，都知道。平日两顿饭，早上稀的，红苕糊汤；晌午稠的，面或糊汤面。晚上叫喝汤，烧水热馍，或者热晌午的剩饭。天黑即睡，省煤油。通电后只挂一只灯泡，十五瓦。所谓好吃的，多半得等家里待客，煎饼、素臊子面，或者包子、饺子、滋卷子等。上学去，书包里的零食罕见有馍，多半是柿子、红苕、玉米棒子等。比较而言，一些玩伴吃穿差点，反倒显得更“贫农”，因而显得更“光荣”了。

我上小学一、二、三年级时，学校设在邻村。有一家是富农，四间房被一分为二，一半做了“学校”。之所以给学校打上引号，是因为学校就是教室，教室就是学校，复合式教学，容纳三个年级，只有两个代课老师。凳子自带，桌子是土墩上架一块长条形木板。夏天的热还罢了，热就热呗，汗流浃背已习以为常了！其实多半的日子门窗敞开，南来的风，北来的风，不是空调，胜似空调，倒也凉快。怕的是雨雪腊月天。下雨，道路泥泞，男女生多半喜欢把鞋拎在手上，赤脚飞跑，专踩草多的地方，湿漉漉，软绵绵，脚心舒服，但不小心会踩在刺上，或者尖锐的石头、瓦片上，刺痛、扎伤也不太在乎。泥光光的路面滑脚，坐“尻子蹾”（屁股摔坐在地上）是常有的事，回家一腿、一屁股泥水也是常有的事。雨伞少，雨衣也少，有的孩子戴个草帽，只顾头不顾身了，也有孩子听任雨淋，进教室时像落汤鸡。我家里姊妹多，有伞也有雨衣，但不够用，就把白塑料口袋折叠成雨披，套头上，起码脊背淋不着雨了。秋尽，西风吹冷，赤脚淋雨已经不现实了，但该淋的还是淋着，穿鞋走路，一鞋的泥水，脚并不舒服。雨季或者呼雷白雨（阵雨），甚至冬天雪化，教室的屋顶必漏雨水，滴在木板上，课照上不误，孩子们只好往不漏雨的木板边挤坐、躲闪。天冷后，窗格子糊了报纸，风吹雨淋的，基本不管用，教室里冷得人瑟瑟发抖，盼下课，起码课间可以蹦跳取暖。霜降后，每天早晨，下课铃响，娃们一窝蜂跑到向阳的山墙下，依靠了墙壁，站立成排，左右拥挤。或者一人呼喊：“一二！”大家一起跳脚。多半的孩子会提一个小火炉，有铁的，有泥陶的，也有用搪瓷盆碗或者壶改造的，烧木炭，也烧木柴，由此就可知道家境。我有个铁火炉，烧木炭。每天早早起床，烧洗脸水时把木炭烧红。冬天不亮便要上学，一路上都有火炉被抡成一圈火焰。会抡火炉也是一种本事，不会，可能把火蛋撒一地，甚至烧伤自己。

老师常说："苦不苦，想想红军二万五。"民间也流行一说，是穿衣的："新三年，旧三年，缝缝补补又三年。"哈，一件衣服穿九年！可能因为年幼懵懂吧，起码我没有过丝毫"苦"的感觉。也可能对"苦"没有感觉，所以快乐的时候居多。孩子嘛，馋嘴是肯定的，所以总渴望好吃、好喝的，也就渴望而已；爱美是人的天性，所以能穿上新衣服去出门（走亲戚），自然是快活的。盼节，盼过年，盼走亲戚，并不以此为常态，倒觉得盼头是奔头，奔头才是快乐的源头，但不能总在源头上裹步不前吧？一年轮回，周而复始。年年都有青黄不接的时候，可年年都不知不觉度过了。如今回想，那种"饿"的感觉也挺好。因为常有饿感，所以饥不择食是常态，所以粗粮淡饭并不觉得难以下咽。只要肚子不饿，活蹦乱跳，嬉戏玩耍，东游西逛，帮大人干活，腿脚从不闲着。毛泽东说："广阔天地，大有作为。"对孩子们来说，广阔天地，起码玩耍自由。在田野摔跤，在坡梁上撵兔，走细豁楱，想上树就上树，爬坡如履平地，那是怎样一种享受呢！天上大雁盘旋，地上人欢马叫，闻得天籁地籁，听得蛐鸣蛙鸣，见得蝴蝶纷飞，蜻蜓旋飞，麻雀乱飞。乡村或许"苦"些，快乐是否更多呢？

一些同龄人常回忆上初中、上高中时的清苦。其实那时候并没有清苦的感觉，能寄宿上学也是福报。我上初中时就寄宿，学校在邻村，来去七八里。一周五天课，周三半天，周六半天，每周三回家背一次馍，管三天。多数人背的是黑馍、苞谷面馍，外带一瓶酸菜。在学校搭灶，一个大锅，早晚熬苞谷粥，中午吃糊涂面，面也是自带的。学校的前身是庙，1949 年以前叫白玉堂，以后叫白玉中学。经年失修的两层木板楼，一层当教室，二层当宿舍。睡通铺，两人打对，倒下便是囫囵觉，铃不响就醒不来。上高中时条件稍好些，吃得也稍好些，能吃到杠子馍（一个四两）、苞谷面饸饹、烩菜、烩面片，早晚也以糊汤为主。不饿着，学习便安心，心也就胡思乱想，思不排除相思，想当然包括理想。热能忍，冷也能忍，唯因一个冷字，才感念一个暖字。老师的话是对的，教室里的热怎比得田野的烈日烘烤呢？教室里的冷怎比得田野的寒风刺骨呢？我们是农民的儿女，懂得春夏秋冬，农人的苦那才叫苦！有一年寒假回家，我手指皴裂，母亲心疼，说我读书读瓜（傻）了，不知道疼。当时真不知道疼，不就是皴裂吗？家里暖和，很快就愈合了。冬天我常用雪擦脸，嘴对着水龙头哈气，使冰冻的出水口融化出水，不觉得苦，倒觉得好玩。这样说，还能算吃苦么？

我不是忆苦思甜，不是。我是回味似水流年，那曾经的人生阅历真是阅历，就像一本书，不知不觉读过一半了。是书就有故事，是故事就有跌宕起伏，是起伏就有苦辣酸甜和冷暖炎凉。奶好，总不能只吃奶吧？肉好，总不能只吃肉吧？甜比苦好，总不能只吃糖吧？季节有春夏秋冬，人生就该有苦辣酸甜。蜜罐里长大的人，会回味甘甜吗？福窖里长大的人，会知恩图报吗？恐怕只有落难了，才怀念往日的荣华富贵吧？此中有禅焉，风花雪月一味禅，柴米油盐也是一味禅！苦尽甘来，那甘才有滋有味；冬去春来，那春才别有温暖。想一想，所谓吃苦的岁月，不也很美吗？

正月初五

今天，正月初五，我不刻意要记住，但注定要记住。甲辰年的这一天，日出卯时，有一个男孩呱呱坠地，那就是我。这是个巧合，却也是一种幸运，在我更是一种骄傲。似乎是由混沌而渐解人事，就听人说正月初五好。这个“好”字还会带出一句：“正月初五吃米饭。”年年到了这一天，我就惦记着米饭。我们村在岭上，不产大米，所以稀罕大米，却毗邻川道，居高临下，秋日灞河两岸一划的金黄尽收眼底，那金黄里孕育的就是大米。我还有个姑嫁到了川道，一年到头，总能吃上几顿米饭。我们村人喜欢吃“调和米饭”，就是把菜和米饭烩成一锅焖熟。正月初五这顿“调和米饭”与往日不同，见荤见肉，所以吃起来喷香。我从小喜欢想当然。正月初五为何要吃“调和米饭”呢？可能是从除夕到春节，积攒下来的剩菜、剩肉不少，总得处理吧？一个经济实惠的做法就是做“调和米饭”。哈哈，调和！人生不就是需要“调和”吗？一家子人心，也是需要“调和”的。

其实民间传说与我家乡正月初五吃米饭的习俗恰恰相反，这一天要吃饺子，忌讳把生米做成熟饭。却是为何？说起来话就长了。也恕我想当然。正月初五，古人谓之“破五节”。把年过到正月初五了，总不能没完没了吧？也该“破”了！实际上从腊五、腊八开始，中国过年的帷幕徐徐拉开，各路神仙似乎都陆续天降人间了，地下的祖先也在天有灵，纷纷挣脱阴间，到阳间来与亲人团聚。民间除夕祭祀，就是款待先人们，往后献饭、献果一直供奉桌上。神灵、先魂都在看着，人间忌讳就多，这不能干，那不能干，连扫地都成禁忌了。家里来了客人，扫地总是不礼貌的，何况家里来了神灵、先魂呢？难道要把他们“扫地出门”吗？按照民间传统说法，正月初五是过年禁忌的大限。与此同时，还添加了诸多禁忌，譬如妇女不能出门，譬如“初一不出门，破五不回家”等，为什么呀？我想当然也未想出个所以然来。

“破五节”，妙就妙在一个“破”字。有禁就有破，这合常理，也合天理，有破有立嘛！每年正月初五天未明就有人响炮，这就是“破五”的信号，也算“破五”的举措。鞭炮一响，等于告诉各路神仙、祖先：“年过完了，该归去了！”他们一去，各种禁忌自然解除。民间还传说，姜子牙的妻子有“背夫”之恶，被姜子牙封为“穷神”，令她“逢破即归”。这么说来，穷神也配享年祀，到了“破五”之日，她也被“扫地出门”了。因了这个传说，民间有了正月初五“送穷”之习。有送就有迎，所以迎财神也是“破五”的应有之义。民间很实惠呀，“财神”是须臾离不得，必须常年供奉，他才会显灵。民间也想当然：财神到，吉市到，开门大吉，各店铺当然要次第开张了。

“五”合五行，金木水火土一个轮回，“破五”即“圆五”，所以正月初五还有一个美称叫“圆年”。年过到正月初五，人神团圆五日，也算得圆满了。年是过来了，心也得收回来，不能永远沉醉在吃喝玩乐里吧？过了初五，诸禁解除，新年该有新盘算了。未竟的事业，未完的宏图，未辞的工作还得继续呀！俗话说：“过得了初一，过不了十五。”其实正月初五一过，就该惦记着欠债还钱了。人言为信，这是做人的底线嘛！

自我成家以后，每年的正月初五，妹妹们都到我家，不算拜年，也不叫“过生日”，就是个欢聚。早年妹妹们总要拿蛋糕，因为吃得少，又显得“隆重”，被我取消了。我喜欢的就是看着妹妹们都有了好的归宿，都过上了好的日子。我是真不在乎拿什么，看见她们我就高兴。她们每来一次，我长一岁，她们也长一岁。如今我的儿子都已结婚了，她们也一样，添人加口，一年比一年红火。侄子、外甥，我都爱他（她）们。我爱的方式不仅仅是发红包，还要给他（她）们一些“教诲”，“诲人不倦”呀，真希望他（她）们的人生比我们这一代更精彩，更富有。他（她）们都理解吗？妻子把我的“教诲”命名为“唠叨”。怎么做了长辈，“教诲”就成了“唠叨”呢？百思不得其解。“不解”，其实就是人生的一个锁吧？或许这锁本来就不需要打开。

自从有了手机短信，每逢这一日，我总能收到四个字：“生日快乐！”这是问候，也是祝福。人在旅途，被惦记是一种幸福。

年的玫瑰色记忆

少年的梦，只有少年时候才有。不记得是几岁，却记得是觉悟男女有别了，过年开始惦记女孩子了。这一年的三十，去镇上赶集，得到了一张信用社贺年的年画，画面不是李铁梅，不是吴清华，更不是阿庆嫂，是一个女人的半身像。说是女人，因为我的年龄告诉我，女人不是姑娘；看容颜，也不像新媳妇。我至今不知道女人姓甚名谁，却记得她的发，乌黑的亮，奇怪了怎么会那么亮呢？她的脸，那么白，干净的那种白，透着润泽的那种白。黄昏的时候，地面落白了雪花，我就联想到年画上女人的白。年画贴在墙上，吸引了半村的人来看，看的人有女也有男，都啧啧称羡："那脸白净的！"有个长我几岁的玩伴伸手欲摸，被我阻止了。那一年，大概刚步入时代的早春，那样的年画在我的故乡难得一见，见了的都是长了一对福眼吧？

春节这一天我嫌长，嫌慢，一村的女娃我不稀罕。那时候还不懂墙里开花墙外香，只知道与同村的女娃无缘。心里有个算盘，初二到初七都算在里边。初二要去舅家，路上常碰见出门（和我一样去舅家。故乡人把走亲戚叫出门）的同龄女孩，新鲜的外衣罩在了棉袄上，冰天雪地里像一朵花由远而近，擦肩而过时心里真想“擦肩”，临到接近了却本能地缩了身子，躲避，胸口里有火在烧，脸面上就热辣辣的，被风吹过格外地舒服。听雪地里脚步声远，猛回头，眼睛里又唯见一朵花鲜艳了。只这一次“艳遇”，足令一日吃苞谷面馍都有滋有味了。

初三讲究的是不出门，出门的是订了婚的女婿娃，臂窝挎一个马蹄笼，笼里装的是包了红糖的白麦面馍和一瓶酒，或者一包点心，或者一把挂面。我到上大学都未订婚，虽说有远大理想安慰自己，但对有了媳妇的女婿娃还是羡慕得要死。看着路上、门前过去过来的女婿娃，想他们见到未过门媳妇的难为情，自己竟也难为情了。想象中被一村的娃们前呼后拥，被一村的婆娘、媳妇指指点点，被一村的同龄、同辈人耍来耍去（农村叫耍女婿），那是怎样一种难堪，又是怎样一种幸福啊！同村女婿娃的媳妇，有认识的，有不认识却常见面的，有同在一个学校却没说过话的，有说过一句两句话就想入非非的，也有想接近却打过嘴仗的。但凡漂亮的，一想到已成了别人未来的媳妇，心里真酸溜溜的。不自在，便读“子曰诗云”去，这一日也只有书聊可自慰了。

初四是未过门的媳妇回门，最撩拨人心呢。眼巴巴瞅着一个红装艳裹的女子娃被她娘带着进了邻居家的屋子，那心里的滋味只有自己去嚼了。从窗口瞥见大路上一女子花枝招展，揣想这是谁，要去谁家呀？村里谁家娃订了媳妇，一村的男女老少都知道，不打听就知道喜鹊要落到谁家的屋顶上喳喳叫了。明知道人家女子娃害羞，偏要找个借口上门去，为的就是瞄个一眼半眼，至于瞄了顶啥用，不多想，就是个想瞄呗！那羞红了的脸，最是动人心弦；如果是一个学校的，那感觉就更好了。一声咳嗽，大声说话，窗前门口一闪而过，心里竟有了异样的快感。

初五太幸福了，幸福得忘记了是自己的生日。一个大清早，捧着个语文课本高声念，偏要声往远里传。眼睛盯了大路口，一面坡上是高梁，梁上扑棱棱过个麻雀都看得见。豁然一亮，梁上头两点红闪现，断定了是来我家的姊妹花，心就狂跳，读书嘴唇都发颤。姊妹花是姊妹俩，没了爸，她们的爸和我们的爸是好朋友。不记得有往来，却忽然往来了，真是妙哉！姊妹俩，大的和姐姐是同学，一直好，好得过年要走动了吗？在我的心里，她俩成了我最看重的客人。大的我叫姐，却叫不出口；小的叫我哥，出口就是哥，叫得我受活。把珍藏的小人书（连环画）都翻出来显摆，兼着显摆背了一肚子的诗和词。只恨日头（太阳）走得快，她们来的时候刚升起来一竿子高，我还没显摆够，怎么差一竿子又要落下去？真盼着姊妹俩过夜，自己却没有勇气说出口。姐姐送到大场口，我目送到梁尽头，心里那个空落啊，一肚子的诗词竟找不到一句来形容。母亲却当着全家人，说了一句我心窝里的话："把桂叶说给三娃（就是我，我排行三），多好啊！"我却说："不好！"躲人背后去了。

农村沿袭了孔夫子礼："来而不往非礼也！"母亲决定，初七我随大哥去桂叶家。初六不想出门，嘴说是做寒假作业呀，心里头是美滋滋不想动腿了！一夜睡不着，睡醒来已日红窗台了。这一路走，一路的感觉真是个好，看见邻村漂亮的女娃都不正眼儿瞧了。远远地就望见了桂叶家的烟囱冒白烟，大哥说："能咥一顿白米饭了！"岭上人不稀罕面，稀罕米。踏着阳光走进门，竟有影子跟进来，蓦然回首，是桂叶，她说她立在村口张望呢，怎么就没看见个影影呢？ 我瞟她一眼，她瞟我一眼。 这一瞟使我的初中时代，有了青春的偶像。

从这一年起，我盼过年的“盼”里平添了玫瑰色。 玫瑰色是梦，期盼的是花好月圆。 可一年又一年，期盼由迫切而渐淡，竟淡到失忆。 朋友约我写过年，刚一沉吟，“风乍起，吹皱一池春水”，玫瑰色的梦被唤起。 我不惋惜，但我珍视，毕竟每个人的少年只有一次，少年的梦不再拥有，也不能复制。泪，流了一脸。

夏　收

上世纪，但凡在农村生活过的人，对夏收应该有自己的记忆。我是1964年生的，印象中的夏收基本定格在整个70年代。那是人民公社时代，吃不饱、食欲好是常态。过年当然好了，但不能总过年吧？事实上年刚过完，有的人家就青黄不接了。孩子们能吃到苞谷面馍就不错了，想吃白麦面馍，只能盼夏收了。春风化雨，麦子起身，麦田如海翻绿浪，离夏收真不远了。忽一日闻得“算黄算割”，声声脆响，时远时近。那是布谷鸟叫，真要夏收了。眼瞅着麦子金黄了，我上课老走神，盘算着该放忙假了。忙假两周，老师发动员令，号召学生回到广阔天地里去，到热火朝天的三夏大忙中去！

学生一放假，就被生产队长召集起来，算是临战动员会吧。小学生以拾麦为主，组成红小兵拾麦队。队长指定两个孩子带队，一个过秤，一个记账，晌午、黄昏两次收队，按斤两记给工分，纳入家庭口粮分配。队长觉得我学习好，就让我记账。过秤、记账都是义务，但荣誉加身，为队长信任，心里当然自豪了。

天蒙蒙亮，听见上工铃响，一骨碌爬起，下炕，不洗脸，拿起草笼（木条编制的笼状器物，比老笼小，上开口，带木鋬儿）就出门。拾麦队的学生集合，听候队长发号施令。队长让到哪儿拾麦，就去哪儿拾麦。一般是麦子割完了，麦个子搬走了，拾麦队的娃们列队开进麦地。凡是麦穗遗落在地的，一律捡拾。娃们像群羊一般散开，像鸡群鸽食一般猫腰寻拾。一片白地拾净了，娃们又像鸽群一般飞奔另一片麦地。我永远记得一个大清早，去北沟拾麦。太阳还没有升起，娃们都穿着短裤、背心，冻得脸蛋发青，胳膊发麻，有的嘴唇、牙齿打战。有农人在出工前赶早割自留地里的麦子，光着膀子还淌一脸汗水，地畔上却扔着一个棉袄。走过沟棱，居然能看见阴沟里尚有残雪。故乡的温度，高一丈，不一样，早晚也不一样。

拾麦队还有两项任务，一是宣传，二是巡逻。白天宣传，晚上巡逻。宣传时两人一组，扛着红旗，拿着队长的传话筒。社员在哪里割麦，宣传员就在哪里宣传。炎炎烈阳下，插了红旗，人立红旗旁，手举传话筒，嘴对着入声口大声朗诵（其实是喊）“毛主席语录”或“最高指示”。凡是红皮《毛主席语录》簿里的，都念作“毛主席语录”；凡是报纸上发表的，都念作“最高指示”或“最新指示”。具体内容由宣传员自己选择，由此也显示宣传员的“宣传水平”。我记性好，拿《毛主席语录》只是装样子，“毛主席语录”顺口即来。宣传得最多的，我至今记得清楚：“毛主席语录：每年一定要把收割、保管、吃用三件事，抓得很紧、很紧。”

晚上巡逻，三人一组，分梁上、梁下。一般梁上住的巡逻梁上，梁下住的巡逻梁下。任务嘛，队长交代得很清楚：“严防阶级敌人和现行反革命分子，还有地富反坏右分子，破坏三夏大忙。”谁是阶级敌人？不知道。现行反革命在哪里？不知道。至于地富反坏右嘛，村里倒是有一家地主，但并不坏呀，至少在我眼里。我想当然把阶级敌人和现行反革命都想象成画在墙上的牛鬼蛇神，个个青面獠牙，丑陋凶恶，像蜘蛛蜷缩一团，被工农兵拳击、脚踩。抱了此想，底气就十足，绝对相信毛主席的话，一切敌人“捣乱，失败，再捣乱，再失败，直至灭亡”。巡逻队员都扛着红缨枪，很神气的。我的红缨枪是大哥用木棍削的，就是把木棍的一头削尖，状如匕首。没有红缨，就抹了些红墨水。麦场上人多，不用巡逻。娃们喜欢出村，不在大人眼皮底下才自由自在。模仿着电影上敌后游击队员的动作，蹑手蹑脚地行走，好像怕惊动了破坏分子似的。看见有个黑疙瘩晃动，就如临大敌，猫腰，几近匍匐接近，竟是一棵柏树。如释重负，仍不掉以轻心。老师、队长都再三提醒：“要绷紧阶级斗争那根弦！”嗨，真把自己脑神经给绷紧了！

三夏大忙，有三件事令我记忆犹新。一是吃。新麦收割了，碾打了，分户了，磨成面粉了，纯麦面馍就热蒸出锅了。那是我少年时代的人间美味，麦的香味闻见就流口水。馍蒸在锅里，锅盖上蒸腾热气，我不肯走远，就在锅台、灶火旁踅摸、转悠，急等着白馍出锅。头茬麦面馍真是白、香呀，再滚烫也能在手里翻腾拿捏，再烫嘴也忍不住要一口咬个乾坤。大口吃馍，狼吞虎咽，喉咙憋得鼓胀如蛙，眼泪都挣出来了。娃们的吃相都一样的，大人就骂：“饿死鬼托生的！”那个年头，农村的娃儿不都是“饿死鬼”托生的吗？

二是扛红旗。可能是因为父亲在供销社工作的缘故吧，年年夏收，供销社的职工都要来我村子割麦。他们进村时扛着红旗，我跑步迎接，他们就把红旗交给我，让我扛在前头。一刹那，我骄傲！我神气！感觉自己高大了许多。队长就默许我专门为他们扛红旗，兼做宣传员。我就把红旗插在显眼的位置，拿着传话筒对着他们“宣传”，也是背诵“毛主席语录”。队长照顾他们，让他们割平地上的麦子。越是平地，越少树，找不到树的阴凉，站在烈日下当宣传员，真不好受，但心里美滋滋的。要知道，那是天大的荣耀啊，别的孩子只有羡慕的份儿。这样“荣耀”一天，他们离开村子了，我竟怅怅然，开始盼来年了。

三是油印报。三夏大忙，学校老师办了一张油印报，动员学生投稿，我就投了，居然就被登了。村人见了我竖起拇指，我自己心里那个美呀，走路真趾高气扬了。尝到了这个甜头，来年夏收，我自己订了一本白纸簿子，小心翼翼地在上面“创作”，那种惬意难以形容。此后经年，每每回味，快感不能自抑。文学的种子或许就是那时候撒落在了我的心田里，上初中后竟发芽了。

每年夏收前后，故乡的情景像一幅幅图画，变幻如幻灯片：蓝天白云下，金色的田野起伏，麦浪滚滚，好似黄河的波涛汹涌；麦收后田野或白，播种后田野或黑，与绿沟、绿坡在炎炎烈日下相互辉映。摊场时只见人影晃动，碾场时只见牛拽碌碡转圈，扬场时只见麦糠飞扬弥漫。麦子归仓了，雨后的大场爆出麦芽，场畔的麦秸积状如峰丘，播种的苞谷地出苗了，菜园子绿得流油，有绿就有生机。一年一岁，夏收三伏，最热也最美。呼雷白雨（阵雨）来了，收割、搬麦、晾晒，那真是虎口夺食呢！夏收如同炼狱，男女老少，都一脸黑，没有不蜕一层皮的。手指、手背，脚趾、脚面，臂膀、脖颈，红的是麦茬、麦芒刺割的伤痕，白的是暴晒后坏死而待蜕的皮屑。有一年夏收时我偶尔回乡，见一位昔年玩伴坐在路边流泪，一担麦个子放在身边。他说担麦担累了，半路上想歇，谁知一坐地上，身子拾不起来了，腰锥心地疼。他熬煎，麦子都放倒在地里，呼雷白雨一来，咋办呀！夏收的忙，农民的苦，此是写照。

进入到本世纪的第二个十年，我确信每个过来人脑海里的夏收情景都早已被时代格式化了。且举两个例子，都是蓝田白鹿原上的。去年，一位朋友发来一组夏收的照片。原野的公路纵横畅通，路边撑起了遮阳伞，伞下是打牌、喝茶的青年农民。朋友告诉我，他们都在城里打工，夏收才回来，用不着到地里去。各家各户的地是分了，但收割是一起的，联合收割机开进去，收了谁家的，谁验收、付费，然后把自家收获的麦子（已脱粒）用车拉回家去。今年，一位老同学回白鹿原了，他用“天翻地覆”形容夏收。他说，大清早他步出村庄散步，过一片田地，看见熟黄的麦子，还寻思：“这谁家的？咋还不收割？再暴晒一天，麦粒儿都奓落地上了。”他从鲸鱼沟口转了一圈回来，过那片麦地，吃惊得目瞪口呆：“地里的麦子呢？”回到村里，才听说人家已经收获了。联合收割机开来是分秒收费的，哪里容得耽搁？此刻那家的麦子已经晒在场上了，后晌粉碎磨面，就能吃上新麦面馍了。

这样的“夏收”是人老几辈子的农民不敢想象的，也是我这农家子弟儿时无法想象的。即使现在想象，也唏嘘，恍若隔世。

秋　吃

春华秋实。秋天的诱惑是口水，就是食欲引起的吃冲动。从农村过来的中年人，都应该有这个记忆。仰望一树繁花，眼里喜悦，心里也期盼了。看见绿蛋儿桃，忍不住要摘一个，咬一口就吐，知道什么是苦了。常在柿子树下转悠，等不及柿子红，也是咬一口知道什么是涩了。却有了一个发现，落地的柿子即使绿蛋儿，也可以放软，软了吃不涩。核桃树高大，孩子小，爬不上去，也不敢爬上去，怕被大人发现了挨打，就远远地站着，仰头，瞄准绿蛋蛋扔石子、瓦片、土疙瘩，常常就有绿蛋蛋掉落。绿核桃皮厚，汁旺。去绿皮困难，砸壳也不易，但想吃就有办法，仁儿嫩得近乎于无，吸溜到嘴里，能品出滋味。早秋的孩子双手黑，大人都明白，是绿核桃皮汁染的。低标准年代，吃是第一，人人饥不择食。小孩贪嘴，不能怪小孩。小孩的肚子是无底洞，“欲壑难填”啊。

可以说秋是吃的代名词。家家有自留地，自留地又叫菜地，一多半种庄稼，一少半种菜。夏秋雨水足，菜地里长绿，更长食欲。那绿生机勃勃，让人想入非非。水瓜蔓、南瓜蔓顺地畔儿疯爬，一地黄花，一地希望，花落，就盯那花托儿，看有无瓜蛋儿蹦出来，有，折一片叶子掩盖，不让鸡看见。随着瓜蔓横生蔓延，几乎所有的瓜都被瓜叶掩藏起来。过一些时日去看，必是一个惊喜。水瓜、南瓜疯长，个头比能跑会走的小孩都大，重得老太太要抱起来吃力，半个够一家人吃一顿。苞谷一起身，直往高里蹿，很快就可以藏身，想解手都不用弯腰了。苞谷套种了刀豆，苞谷秆儿长，刀豆蔓儿盘绕爬高，嫩刀豆就是锅里菜了。地里种啥长啥，不种也会蹦出个西红柿子苗儿，或者梨瓜、西瓜苗儿。地里顺手撒些扫帚菜、人汗菜（即苋菜）、茴香菜籽儿，就遍地的扫帚菜、人汗菜、茴香菜了。还埋洋芋，希望在地里长；种向日葵，希望朝天上长。地里长啥，锅里就有啥，碗里也就变花样了。麦面仍是不能放开吃的，那就放开吃瓜菜，豆角熬南瓜，汤面煮洋芋，水瓜馅滋卷，都是可口的。等苞谷抱娃了，那嫩苞谷也上饭桌了。

眼盯着柿子就红了，急不可耐地摘回家，用温水“暖”一夜，天明上学去，就有口福了。这一夜睡前就惦记，只嫌夜长，等不得天明。地里的红苕可以出土了，头茬的红苕生了吃脆甜，蒸熟了吃干面，皮儿红得像小姑娘冻红了的脸，生动，鲜艳。上学去，学生娃的书包里，枣红的是红苕，艳红的是红柿，你馋我的，我馋你的，一嘴的满足，一脸的笑窝。毛栗子、拐枣儿、沙果儿等等，是山里货，只能集市上买，这得花钱。秋上不缺零嘴儿，却缺零花钱。一分钱都要掰开花，那山里货也只能偶尔尝个味儿。好在核桃、枣儿都下来了，再馋的嘴也天天打牙祭。

常有货担子吆喝着走进村，孩子们围上去，老人们也跟过来。我曾经看着那“羊屎蛋蛋”流涎水。不能确定名字，猜测可能是山葡萄吧，酸酸甜甜的，是个好味道。大人会用鸡蛋换，一个蛋能换一大串儿。老人塞进墙缝的头发团儿，也能换，我婆就换过几串串给我和妹妹吃。吃得稀罕，至今还能回味到当时那种美滋滋的酸甜。

孩子是馋嘴猫，踅摸吃的也“不择手段”。本村的，外村的，方圆十几里，哪里长着啥树，结啥果子，有个啥园子，都知道。心里有个啥，就谋算啥。瞅一个日子，三五个娃结伙儿，都担个草架子，装模作样寻割草呀，偏就寻到邻村果园子、菜园子、瓜园子附近，和看园人玩捉迷藏。看园人多老者，只一人，顾南不顾北，一有动静就狼一样的嚎。也养狗，狗用铁链拴着，只让凶着吠。家乡多是沟壑地，草木深埋，神出鬼没很难被发现，被发现了也很难被逮住，被逮住了也很难被怎么样。村村都连着襟，沾着亲，带着故，没有人较真。有一次，我们几个男孩把一个小女孩哄到北沟，说是有好吃的。沟的那边是一个梁，种了一坡的西瓜。瓜园是邻村的。一个个大西瓜明晃晃吊着，隔了沟馋眼。沟在槐林里隐蔽，我们正好藏身。农村的孩子都是兔子，眨个眼就蹿上去。猫腰匍匐在瓜地里，一人摘一个，抱不动就往下滚。终于被发现，吓得我们和瓜一样滚下沟去。看园人不追，立在坡棱上喊。他知道，我们带去的那个女孩和他儿子订了娃娃亲。

孩子都盼中秋，中秋能吃美！一簸箕的核桃一筛子的枣，成堆的柿子成堆的红苕，屋檐下挂的是苞谷，山墙上挂的是辣椒。新鲜的嫩苞谷不稀罕，就稀罕那一层油纸包的果子（水晶饼）。中秋月圆夜，一家人坐齐了，我婆拆开一包果子，一人一个。吃完了，再拆一包。顶多吃两个，剩下的都给我爷藏着。我爷女儿多，我的姑就多，果子都是她们孝敬我爷的。全家人能打牙祭，沾的是我爷的光。

秋收冬藏。秋天最后一道风景是柿树。霜打了叶子，叶子红了一树、一坡、一沟、一村。西风吹，柿叶落，一地的红，一地的秋，人扫了叶子，等于扫去了秋。柿树多老，枝干突然地萧疏，只剩了硬骨，枝梢上悬一两颗柿子，叫“柿蛋”，那是故意留下的，村人迷信那一颗柿子能引来年一树的硕果。常常是初冬初雪的时候，树梢上的柿蛋儿孤零零红，红得激动人心，人的期待就在那红里了。下树的柿子一少半进了人的肚子，一少半被削了皮儿挂在房檐下，入冬捂瓮里罐里，就是柿疙瘩或者柿饼了；一多半被搬上了房顶，用苞谷秆围严实了过冬，保管得好，能吃到春。至于核桃、枣，可以吃得更久。有的人家，能吃到来年秋，吃就接住了。

上　会

我家住在横岭的边上，村边有一条官道连接了两个集市，一个是许庙，一个是三官庙。三官庙往西延伸，有个金山集；许庙往北延伸，有个厚镇集。我的童年正是“割资本主义尾巴”的时候，各集的集日都是星期日，传统的过会被取缔。会就是集，过会就是集日。许庙会老、大，远近闻名，省城里人都听说过。我村里人说上会呀，就是去许庙赶会，或者说赶集。

星期日天蒙蒙亮，官道上已经有行人了。我村里没有秘密，方圆几十里人家，也没有秘密。我贪睡，耳朵却常常逮住窗外头大人的对话：

“刚才谁摸黑过去了？吆喝猪！”

“还有谁？高岭旺生么，牵着狗。”

“我听见猪哼哼。”

“那一定是沈家猫娃，那个懒货，倒把猪喂肥了！”

高岭、沈家是西边的两个村子。旺生、猫娃都是“名人”，贫农里的贫农。一个有点疯，娃们又怕又爱逗，看见他走近了就跑，走远了就喊：“疯子旺生！疯子旺生！”气得旺生猫腰寻土块，等手里有土块了，喊叫声远，影儿也远了。猫娃有点神，能掐会算，听说一算一个准。本是光棍一条，住个风能刮倒的歪歪茅庵，去了一趟青海，领回来一个媳妇，脸俊白，精神有点不正常。猫娃也爱狗，但他说养狗是为了看家护院。村里人笑他："是为了看你媳妇吧？"他说："为了看猪。"他真把狗拴在家门口，吓得猪和媳妇都不敢出门。他俩是逢会必去的，去得早，回得迟。村里人说："就是怕见人！"

如果交猪，还得赶早，晚了日毒，猪受不了，掉膘。天亮后，过路人开始渐多，男的一伙儿，女的一堆儿，脊背、肩上、胳肢窝都是东西，有的推个独木轮车，有的拉个架子车，有的肩上忽闪着扁担，说说笑笑，嘻嘻哈哈，络绎不绝。这时候，东邻西舍都有了动静。一女声问："你上会呀不？"另一女声答："你先走，我得伺候猪！"到晌午的时候，路上人稀了，村里人空了。几个老太太坐一块儿择菜，一个问："你媳妇上会了？"一个答："磨磨蹭蹭了半天，打扮呢，照镜呢，给脸上抹粉呢，倒说伺候猪呢，你说家里就恓惶的一个碎猪娃，用得着她伺候？"另一个接话："咱老了，干不动了，吃了睡，睡了吃，可不是猪么？"我当时正在场畔的树荫下读书，耳朵逮住了对话，扑哧笑出声来。

村子离许庙十里路，遇会，小孩一般不去。有的也闹着要去，大人不许，缠紧了大人也许愿，说是回来买黄瓜，买西红柿。也有赏一个巴掌的，小孩捂着脸哭，却无奈。我长大后才明白，大人的口袋紧（没钱），集上的诱惑多（吃的、喝的、玩的），小孩都眼尖、嘴馋，没有不指着要的。我爸在许庙供销社工作，我做梦都想上会。我妈每次上会，我都想厮跟，有时候允许，有时候不允许。不让厮跟的时候多，我妈许愿的时候也多。我妈一去，我就惦记了我妈许的愿，想象我妈会买啥好吃的。眼看着上会的村里人扎堆儿回来，就是不见我妈的影子。我站在村口的大场上望到日落月出，泪眼花花，村人从面前经过，劝我："别等了，你妈不回来了。"我妈第二天才回来，必带着好吃的——油糕、麻花、点心等，都是我爸食堂里做的。有好吃的塞嘴，也就不噘嘴了。

几个玩伴密约偷着去。腿长在自己身上，大人不在跟前，管不着。我是"娃王"，少不了我。等人去村空，几个玩伴便上路了。沟深，树深，秋天的苞谷地深，一路阴凉，不怕迷路，怕迷糊鬼。下坡，过河，上坡，穿越一个大村，看见官道继续走，再下一个坡，再过一个河，到了。人声鼎沸，没有进集市，耳朵先嗡嗡，旮旯拐角都是人头攒动。我们稀罕的是路边的吃摊，叶叶凉粉（神仙粉）摊、荞面饸饹摊一字儿排开，都是低桌。凉粉一碗五分钱，荞面饸饹一碗两角钱。西瓜摊摆放着八仙桌，大西瓜被切成牙，满桌面上排列，红瓤黑子，眼馋得不敢多看一眼。卖瓜的喊："红沙瓤，赛冰糖。"冰糖没吃过，理解那就是个甜么。走不动，也得走，兜里一分钱也没有。集上有个广场，是人民公社开大会的地方，人山人海。各种土特产随地摆放，小心翼翼都不免撞了货担。卖梨的，卖枣的，卖沙果的，卖拐枣、核桃的，应有尽有。我们没钱，只能乱转。从前街转到后街，街和街不一样，后街是卖菜的，葱、蒜、生姜、辣子摆了一地，水瓜、南瓜摞成山，心里替他们愁："何时卖完呀？"黄瓜黄，西红柿红，真想咬一口。走进牛市，牛虻比人多，每个牛身上都叮了一堆，赶都不走。心想："牛不痒不疼吗？ 幸亏自己不是牛！”两老农袖了手，袖子短的捂一个帽子，那是玩什么把戏呢？ 好奇，站立，看个究竟，明白了，他们是在“捏码子”（交易）。 数钱，拉牛，就是成交了。 一条路上，两侧都是住户，家家卖熟食，油糕油汪汪的，油饼油乎乎的，麻花像半截绳子，黄灿灿的。 不能看，赶紧走，我们都不约而同。 实在是走累了，却踅摸不到一个坐的地方。 走过桥，桥下是灞河。 哈，坐石头上去，还能凉脚。 就到了河滩上，头顶着太阳，热辣辣的；脚伸进水里，凉渗渗的。

耳里的嗡嗡声弱了，水流声倒响亮了，我说：“天不早了，快回呀！”却站起来头昏，肚子饿，走路摇晃。 只能去找我爸了。 供销社大院的铁门被锁着，走小门，被挡住，我说我找我爸，告诉了我爸名字。 挡住的人说：“你爸在百货柜上帮忙。”手指了方向和位置。 我不明白，我爸为什么不是“售货”，而是“帮忙”。 我听说，卖货的都叫售货员。 我不知道我爸是干部，平时不站柜台的。 供销社的门市部很大，刚才挤不进去，我们才没有挤，现在松泛（宽松）多了。 一眼看见了我爸，却怯了、羞了，不敢走近，但不走近又不行，只有硬着头皮走到柜台跟前，叫了一声“爸”。 我爸转身，看见了我，惊讶：“跟谁来的？”我脸红了，没回答。 我爸认得后边跟的玩伴，交代了别人几句话，领着我们进了那个小门，就是我爸的房间。 我爸去食堂买了洋面馍（白麦面馍），一个娃一个；又买了西瓜，一个娃一牙。 正吃，我妈来了，生气。 我以为她生我的气，后来才知道她在黑市上偷卖自己纺织的土布，让市管会人给没收了。市管会的人就住在我爸隔壁。 我爸说：“你生啥气？ 晚上就送过来了。”我妈说：“等钱用呢！”我妈要等布，我就和玩伴们先回家去。这一路上，我不说话，心里难受。我家是缺粮户，年年粮食不够吃，生产队按人头分了粮食，工分不够顶，还得额外补。我爸的工资不够，我妈只能织布了。往后，我再也没有擅自约了玩伴去上会，去，一定要跟了大人。

我身体不好，常去我爸那里住，最长住过一个月。许庙不遇会，早晚都空荡荡的，摆卖的都是些零货担，好像市管会的人还常撵。供销社门市部每天早上十点开门，下午四点关门，雷打不动。平日，门市部里，进出卖货的人稀少，男售货员多在磨牙，或者和女售货员打情骂俏；女售货员多在打瞌睡，或者嘴在说笑，手在打毛衣。我爸不去柜台，出出进进，不知道忙啥。我还是盼会。九点，供销社食堂开饭，职工都圪蹴在露天的地上，几乎饭往嘴里刨。呼哧呼哧吃完，洗碗，放碗，急急火火去开门，已经有人在门外等候了。我喜欢到街上转悠，看街上的人渐渐增多。其实天不明街上就有人占摊了，就地揳根橛，这个摊位就名花有主了。赶早其实就是赶个吉时，抢个利市，图个利好。眨眼间，街上的人由稀落而稠密。人拥挤了后，我就回我爸房间了，安下心读书。晌午，不断有人敲门，都是寻我爸的。认得的，就让进房子，坐在我爸的床上。来得多的是村里人，或者亲戚。村里人来，多为歇个脚，喝杯茶，吃一根纸烟。也有事不由人，求我爸帮忙的。那时物资紧俏，稀缺的更不少，多买煤油、盐碱都要走后门。红、白糖是特供，妇女坐月子才能买，必须大队开证明。寻我爸的，可能就为此吧。送村里人出去，我也跟到街上，人已经少了。一些摊位人去而位空了，一些摊位还在厮守，货框其实也亮底了。供销社是下午四点开饭，饭后的街道狼藉，几条狗东闻闻、西嗅嗅，寻着打牙祭。我喜欢到灞河去，一个人坐在石头上看书。落日余晖，天蓝云高，真美啊！

突然就恢复传统集市了，许庙、厚镇、三官庙的会都错开了日子，天天都有会了。对一些人来说，逢会必去，上会真成了赶会。我那时已上县重点中学，可以说胸怀大志，对上会、赶会一百个不解，所以一百个不屑。农民么，不好好种地，天天跑会，不烦、不累么？风里来，雨里去，累，可一些人真富了。我有俩表姐，都有经营头脑。小表姐夫辞职不干公社的会计了，在许庙会上卖布；大表姐夫也辞职不当民办教师了，在许庙会上卖成衣。只要遇会，他们必当街安营扎寨。听说他们买了手扶拖拉机，天天赶会，没远没近。我小表姐家后来成了许庙的首富。

暑假，我在家里“用功”。遇会的日子，我喜欢拿一本书，坐在路边的苞谷地里，隐身，却把上会的人看得一清二楚。头顶上是柿子树，太阳晒不着；南来的风，北来的风，凉快又享受。少年心事，自知之明。我是揣着期盼的，并不明确目标，忐忑中获取一种满足。鲜艳的颜色出现在西梁上，就忍不住翘首以待了。会是谁呢？是姑娘就好，漂亮最好，认得的好上加好。渐近，看清了模样，不认得，反而坦然了。盯，一双眼睛，一对探照灯。粗黑而长的辫子，辫梢在屁股后摇摆风情；白衫子，蓝裤子，黑布鞋，脚步轻盈而生动；刘海掩眉，眉低垂，脸飞红，嘴角似笑非笑。她知道我在窥视吗？

目光送远一个目标，又迎接下一个目标。由远而近的姑娘面善，我在哪儿见过呢？西梁上过来的姑娘，我知道的不多。脑海紧急搜索，立即有了熟悉的脸谱。女大十八变，越变越好看。认出了她，真想现身，让她也认出我。来不及了，也没有那个胆量。再说了，咱也只是给眼睛过年而已。我是志不在脚下。她呢？我知道她属于故乡，不论她怎样努力——她已经辍学了，唯一改变命运的门关闭了。我只能祝福她，但心里惆怅复惆怅。她穿了一身新衣服，三个妇女跟在她后边，我认得一个是她妈，另一个是她妗子。她是上会呀，还是相亲呀？咯噔，心沉了一下。那天下午，我一直等她归来。日落西梁的时候，她真出现在我面前了。我走出了苞谷地，咳嗽，走远。我没敢回头。往后，再没有见过她，也不知她的下落。我放弃了打听，不能，也不便。但是怪哉，往后多少年，常梦见她。我每回故乡，遇会，必联想到她，偷看她上会的情景至今历历在目。

我上大学了。寒假回乡，年末最后一天，年例，村里人都上许庙会。今非昔比了，家里有余粮，粮食可以换钱，大人都带着小孩，去集上买年画、年历、鞭炮。年货无须我操心，但我也去上会。飘着雪花，冰冻的地面已经渐白。路滑，走路得小心翼翼。常被后边人赶上、超越，也常赶上、超越前面人。心里想：这就是赶会了。不知去过许庙多少次，唯有这一次有了赶的意思。人生就是赶会么？自己会心地笑了，笑洋溢到脸上，一个同村人问我："大学生，想啥美事？"我反问："你有美事么？"他挠头，老实答："唉，我一个农民么，能有啥美事？"我端详他，实际上是端详我。他与我同龄，当农民是他的宿命。他一直看天，忽然问："天会变么？"我有些惊诧，不知道是问我，还是问天。古往今来，一些农民嘴里有禅。多年后，他进城打工，渐渐摸出了挣钱的门道，收城里人的旧家具，转卖给乡下人，折腾了几年，乡下盖瓦房了，盖楼房了，却都空着，妻子儿女都进城了。听说他在城里买了房，故乡人背后议论他：“人家和咱乡下拜拜了。”我以为农民是他的宿命，我错了。天会变，人也会变。

那天步入许庙会，没有了儿时那种大的感觉了。被人群挤来挤去，有点不习惯了。挤到小表姐的摊位跟前，如释重负。布匹摞了一堆，鞋袜摆了一地，成衣挂了一圈。我帮表姐看着摊子，感觉衣服那边站立的女子形影半掩，偏要看个清楚。竟是昔年梦里人。让我吃惊的是她竟伸出了手，握后让我惭愧了许久。她开口笑：“大学生，认得我不？”我当然认得，但说：“不认得，因为我的女同学里，没有像你这样漂亮的。”记忆里的女同学都朴实无华，她却时尚了。心里感叹：“真个人在衣服马在鞍。”她敛了笑容，不笑比笑更妩媚，问：“我漂亮吗？”我没有敢说她的衣服漂亮，却说：“你变了呀！”从她身上，我感受到了农村一如这许庙会，不可谓变化小，不可谓变化大。我认得眼前的她，不等于她还是过去的她。她比我开通，我就想知道她嫁给了谁，是在种地，还是在干别的？她坦率而真诚：“农民嘛，难道嫁给工人？也种地，也干别的。”我因为遇上了熟人，和她匆匆握别了。事后才知道她和我俩表姐一样，都是赶会发了家。她先卖凉皮，后来就开饭馆了。

我每年都要回故乡去。许庙会依然在，但上会的那种感觉只能梦里回味了。

上　坟

自母亲过世后，岁逢清明，我必回乡上坟，还美其名曰“祭祖踏青”。对我来说，“祖”是祖父母，“青”是埋祖父母的那一片青苗地。往年，那地里一直种麦，清明时节，麦深如海。坟在哪里？须仰赖我大哥确认。上世纪 70 年代，忽然平坟成风，方圆几十里，坟不论新、旧，均夷为平地。祖父母下世后进了祖坟，自然不能例外。那时虽然“破四旧”方兴未艾，但人心仍存敬畏，尤其对坟。即使胆大之辈敬畏阙如，其内心恐也未必毫无忌惮。一抱粗的树连根挖起，拱起的坟丘一夜间铲平，但坟就是坟，就像烙在泥土上的印，多半人还是敬而远之，因为心里忌讳。故而种地的人家宁愿绕开，播种也吝啬，翻地时还似乎留有余地（余悸）。岁月流逝，人心里的余悸也流逝了。近几年祭坟，埋祖父母的地方越来越难以辨认。麦苗稠得不能下足，不“踏青”就到不了“坟”跟前去。好在同村乡里乡亲，并不见怪；也好在往年上坟纸灰留痕，判断位置轻而易举。但今年例外了。一地的油菜，花还未开，地被深翻了，不见了一丝灰痕。大哥踱步思量，选了一个位置，还有意避开稠密的油菜，扎一个棍子，挂了白幡，这就是“坟”了。大哥跪下，我们姊妹及晚辈也跪下。

我的祖父母是幸运的，年年还有孙子、重孙子上坟。我家祖坟有两处。说来惭愧，我只知道祖坟的大概位置，至于那坟里埋的是谁，不得而知。我只听说曾祖父母下世时背的不是棺材，是席筒（把亡人用席卷起来）。至于音容笑貌，并不能想象，也就谈不上思念和祭奠了。上坟，即使无坟，但“坟”还在。总有一日没人上坟了，也就没人知道我的祖父母曾经为人一世，更没人知道他老人家的坟了，他老人家也就等同无数不知名的古人，湮灭于历史的灰尘之中。绝大多数人的宿命莫不如此。

坟，是提土旁一个文，这就显而易见，坟是从土从文的。从土，土里埋的是人，人死为大，入土为安；从文，埋人是一种文化，不能掉以轻心。古书上说：“土之高者谓之坟。”不言而喻，死人总比活人尊贵。死人多半是长辈，尊贵是自然而然的。偏是人世间，人都是客，天下没有不去的客。古往今来，人去的地方都是坟。这一去，按照迷信的说法是要托生转世的，因为不能论证，所以迷信的人越来越少。人去，送埋的是孝子贤孙，日后上坟的也是孝子贤孙。芸芸众生是否孝贤，一半看生前，一半看身后。自古重葬不重养，坟是身后的哀荣。人都知道生不带来，死不带去，但人恨不得把生前的一切都带进坟里去！一些子孙上坟，是怀念亲人；一些子孙上坟，则是做给人看呢！

忽然想起了一个笑话。某人带小儿去上坟，儿子指坟问：“那里埋的是爷爷？”某人点头。儿子又问：“地里种了庄稼，就能长出庄稼；地里埋了爷爷，为啥就长不出爷爷呢？”说是笑话，我却笑不起来。坟的应有之义恐怕就在小儿之问里。人不是庄稼，所以“种”下个爷爷，却“长”不出个爷爷；人就是庄稼，也是一茬子又一茬子的，只不过“种”和“长”的时间长度不同，方式也迥异而已。我确信，一摞庄稼，一摞子孙，只不过庄稼养的是人，不是自己，但庄稼照样需要“孝子贤孙”。

当年平坟是非曲直姑且不论，但坟的人文精神与价值取向则不能等闲视之，若其不然，为名人高官修坟就难以自圆其说。坟既是对亡人的一种尊重，也是对活人的一种警示；坟既是一个人活过的邮戳，也是一个人被怀念的象征。生前活在谁的心里，死后谁才会去上坟。活在万众的心里，万众才会去坟前鞠躬、祭奠、凭吊；活在子孙后代心里，才会穿越时空，香火连绵，没有穷尽。

梦里那个书店

全民阅读使我一则以窃喜，二则以喟叹，三则以悲从中来。自古而今，所谓人类文明，包括文字本身，哪个不需要借助阅读得以行世、存世、传世？所谓流芳百世，有口皆碑是一，文字传播是二，图书存世是三。有书就有书店，就如同有人就有家、有旅客就有旅店一样。我的“窃喜”不言而喻，我的“喟叹”不由自主，我的“悲从中来”嘛，唉，且听我慢慢道来。

我出生在农家，祖父母不识字，却供父亲读书，使父亲成了村里的“读书人”。村里的读书人不多，一少半是因为穷，一多半是因为读书未必就“学而优则仕”，“高不成，低不就”是有张三李四为证的，不挣钱还花钱是傻瓜都想得来的，读了十几年得不偿失的例子多得举不过来。我祖父自小离家，给渭北地主当过长工，算是见了世面，相信“书中自有千钟粟，书中自有黄金屋，书中自有颜如玉”，把梦想都寄托在父亲身上了。父亲读书也就“高小”，十五岁就回村当会计了，算得上是村里的“知识分子”。赶上了读书有用的年代，由会计而转干，父亲终于端上了国家饭碗。读书改变了父亲的命运，也就足令父亲相信唯有读书才有出路的道理，我们姊妹弟兄六人也就无一辍学，都读到高中毕业。我小时候有一个优越感，就是觉得村里只有我家的书多，这和我父亲是“读书人”直接相关。所谓“多”，是相对“无”而言的，有比没有好嘛！我对读书的渴望应该来自那些书的“诱惑”。我是如饥似渴，近乎饥不择食。我的所有书读后都要装箱，编号，还要加锁，轻易不示人，不肯借书给人，非借不可时非索要借条不可。见别人有书自己没读过，也非借不可，对方开出啥条件都愿意接受，只要一个结果，那就是把书弄到手，一口气读完而后快。手里很难攒钱，攒个块儿八毛，就踅摸买书呀。父亲在玉山供销社工作，供销社有图书专柜，我常去“垂涎欲滴”，买书不是根据内容和兴趣，而是看定价，数兜兜钱，能买得起便毫不犹豫。买小人书（连环画）的时候居多，上初中后才开始买文字书。

小时候的梦想就是神往县城，听说县城有戏园子，还有书店。“听说”成了一种心结，像种子一样播撒在了心田。考上县重点高中（北关中学）后，第一个星期天去逛县城，目标十分明确，那就是新华书店。站在街口，瞥见“新华书店”那四个字，既喜出望外，又肃然起敬，还多少有点心惊肉跳：“鲁米的心愿实现了！”（小学语文里的一节课文）真不敢轻易进去。正是雨后，道路泥泞，两脚上拖泥带水，在门外擦拭了半天，才忐忑了心、鼓足了勇气走进去。第一感觉是书店太大了，比玉山供销社的百货商店还要大！玻璃橱窗，店里敞亮。文学书籍都摆在西头，一目了然，却目不暇接，恨不得把玻璃柜里的书挨着都翻阅一遍。店员是一位青年女性，在我眼里算得上美女，却面无表情，指要了几本书就不耐烦了。心里胆怯，便买了一本书，如获至宝，揣进怀里回校了。

上高中的两年里，县新华书店是我的最爱，所以也是我“光顾”最多的地方。几乎每个星期天只要人在校园里，读书读得“眼花”了，就对书店心驰神往了。每周一想到要逛书店，心里就愉快了许多。时常在半路上遇见教语文的陈瑞琳先生，手里提了一网兜书，不用问，他逛过书店了。他必要展示自己买了什么书，也必要推荐一些新出版的文学书。他的话在我心里如同“圣旨”，我是谨遵不违的。老师的话是兴奋剂，常常使我买书的愿望变得迫不及待，脚步就自然加快了，有时候还走捷径。书店占据县城的“心脏”地段，与县政府隔街对望。我每走近书店的时候，喜欢盯着毛体的“新华书店”四字，一种敬意油然而生，一种豪情涌向心口。去得多了，女店员认得我，知道我是真心买书的学生，就放我进了柜台，可以随意翻看新书。一种信任激发了一种感动，使我对她的脸有了好感——笑的时候居多了——女人笑的时候才好看！为了她的微笑，我也要至少买一本她推荐的书。她已知道了我的兴趣，开始向我主动介绍新到的文学作品和文学杂志。我那时候爱买文学月刊《当代》《十月》，还买过《清明》《春风》，都发端于她的推荐。我至今收藏的许多名著，也都是那时候买的。此后经年，我忘不了那张脸——那是一个高中生眼里蓝田县城最美的脸！

我上大学后，每年回县，总要去新华书店。那位女店员还在，也还认得我，也知道我上了大学。我已经不买书了，我来，一半是“旧地重游”，一半是为了看她一眼。她没有变化，也不会有变化。她就是一个营业员，能有什么变化呢？在书店里当营业员，还是比较体面的，自我感觉也想必良好。事实上，她的言谈举止显然比别的商店的营业员要文雅得多。与她对话，她似乎矜持，也似乎羞涩，可能还有点自卑吧？一问一答，不会有多余的话。看得出来，她的脸上是滋润的，日子也应该颇惬意吧！

我大学毕业后进入了省出版社工作，曲里拐弯与新华书店算得上是“亲戚”。我们是出书的，书店是卖书的，谁也离不开谁。上世纪80年代，作为出版社的编辑，步入新华书店时还存有优越感，事实上也似乎被书店经理高看一眼。但渐渐地，关系就逆转了。起先，我们常埋怨书店的“长辫子”（就是女业务员）头发长、见识短，不识、不辨书的好歹，但凡我们眼里的好书，到了她们眼里却可能恰恰相反，征订数字常常是零蛋。然而见不得，又离不得，还得赔上笑脸，为的是“长辫子”手下留情，不在我们的订单上画“蛋”。这个时候，我已经很少去书店买书了。图书编辑，说好听些是编书匠，说难听些就是做“书”这个商品的，书已经不再神秘，也不再稀罕了。

但对新华书店的情结还在，这当然归因于蓝田县政府门前的那家书店，还有那位可敬而美的女店员。90年代，我家在书店对面办了一个“孔明书屋”，由大妹和大哥打理。站在书屋门口，能望见茂密的梧桐树冠掩映的“新华书店”四字，也能看见书店的门敞开或者关闭。至少有半年，书屋总是门庭若市，而对面书店似乎门可罗雀。我的感觉是五味杂陈，不知道该说什么好。那个女店员仍在卖书，只是清闲了许多，脸上也有了岁月感。书店门前的书摊忽然一夜间多了起来，围看的比进书店的人还多，书店的生意更惨淡了，书屋的生意也每况愈下，一年后支撑不住，关门了。

有一阵子没有回县了，有一阵子回县对新华书店的存在视而不见了。有一次在县门街散步，忽然想起了新华书店，就抬眼望——嗨，咋不见“新华书店”那醒目而鲜红的招牌呢？多年前吸引眼球的字虽然漫漶、褪色，但毕竟招牌还在，可眼前呢？那门前砖铺的人行道呢？那一排淡蓝而白的门窗和明亮惹眼的玻璃橱窗呢？倒是有各种五颜六色的服装招摇悬挂，惹人注目。我问一位服装店主：“新华书店呢？”他眼一瞪，没有回答我。我过后想，当时我问得不合时宜吧？放着时尚的服装不问，却问书店，在人家眼里，我脑子里一定进水了。

我还是找见了书店，已不再宽敞，也不再明亮，萧条一目了然，就像“被爱情遗忘的角落”。已经开架卖书了，但架前看书的人屈指可数，十有八九该是在读的中学生。我向一位稍微年长的营业员打听那位女店员，她摇头，却告诉我：“不是退了，就是下岗了！”听她的话，没有一丝底气，已经在她脸上找不到一丝“新华书店”职工的优越感了。问她生意如何，她反问我：“谁还读书呢？”我走远了，犹闻她自言自语：“瓜子才读书呢！你看这些读书娃，都瓜眉失眼（呆板，不聪明）的！”

又若干年过去了，回县是越来越少了。因为总有个惦记或者念想，不久前我路过县府门前街，就留意新华书店了。真是斗转星移，时过境迁，原来的新华书店自然找不见了，矗立在原地的是一幢六层楼，比当年的平房豪华得超过了我的想象。一楼临街，一排门面房刷绿，金黄色的字是“中国邮政储蓄银行”，颇吸引眼球。抬头仰望，竖写的新华书店四字更红，更大，更气派，分明告诉过往行人：“新华书店”才是这栋大楼的主人。银行西侧是院门，为铁栅栏，可过汽车。门顶上也是

“新华书店”招牌，红底色，白字，其下是一行提示语，等于广而告之，二楼主营图书、中小学教材、教辅等。进去，拐进楼门，“图书音像超市”的指示牌赫然入目。上到二楼，我的失望也超出了想象，不敢信以为真：“这是新华书店吗？”所谓超市也就摆了几架子书，分几个板块，显然以教材、教辅、少儿图书为主了。二楼也不全属图书超市门市部，至少还有一家律师事务所。没有顾客，只有一个营业员在值班。太冷清了，我便没有逗留，匆匆下楼了。

悲从中来，难以遏制。眼前的新华书店大楼不可谓不气派，但与书有多大的关系呢？听说能在县新华书店上班仍还是蛮体面的，起码福利待遇比县上其他企业要好些。然而图书超市如此萎缩、萎靡，钱从何而来呢？知情者告诉我，新华书店不靠卖书，靠吃老本和教材、教辅。楼上、楼下，出租了多少门面房、写字楼呢？单这一笔收入就足够书店人自给自足了。书店养活的人越来越少了，国家对图书的投入却越来越多了。一年一度的“全民阅读月”读书活动，越来越有了声势，却越来越与初衷背道而驰。读书是心灵的自觉，能像唱戏那样搭台造势吗？

新华书店是金字招牌，是金字招牌自然会招财纳宝，但招的是什么财，纳的是什么宝呢？只为了钱吗？只为了养人吗？该反思的当然不仅仅是新华书店，至于谁该反思，反思什么，已无须我饶舌了。我有一种悲凉的感觉：我梦里的新华书店可能永远留在梦里了。

乡村的性

一位女同学去我的家乡，喜欢了路边的风景，便一边留恋，一边欣赏。忽然内急，恰好迎面走来三个农妇。她问："婶，哪里有厕所？"三个农妇都用异样的眼光看她，那意思是："你找不见厕所？"一位年长者教导她："我娃瓜的，乡下哪里不是厕所？树背后一闪，背旮旯一圪蹴，苞谷地里一弯腰，就解决了。"女同学事后告诉我："乡下怎么那样呀？"我笑答，却笑得暧昧："不那样，该怎样呀？要不叫乡下呢！"

我告诉女同学，我小时候，已经有性别意识的时候，对新媳妇心有暗想，应该就是想入非非的那一种想。一次，去赶集，紧跟着一个新媳妇，心忐忑，又轻飘飘。乡下的路，不是穿越沟林，就是隐蔽庄稼地。夏秋时候沟被树荫着，森森的，单身女人是不敢进去的。新媳妇前头走，一个男人跟后头，她一定会站在显眼处，等多来个人再走。我是小孩，她就不管不顾。走进田间的小路，拐一个弯，不见了她踪影。我立住脚，左顾右盼，生出怪想。那时候爱读神话故事，看见树木、花草都疑神疑鬼。暗忖，生出暗怵：莫非我撞见了女鬼？或者撞见了狐仙？ 心毛毛的，想挪动脚，却激灵一个冷战，又打了一个趔趄，不相信了自己眼睛。 那新媳妇从苞谷地里急匆匆出来。 我不跟她了，受好奇心驱使，进了她现身的地方。 诧异，费解，不相信眼睛，新媳妇也……？ 她那么美！ 很长时间，我不能把新媳妇和我看见的东西联系起来。 我以为只有小孩和猪狗牛羊鸡才拉屎。 这一次跟踪，算是长了见识。

我对家乡的记忆多停留在上个世纪 70 年代。 那时候，我的年龄在渐长，性别观念也在渐生，对两性关系开始了不自觉探索，也有着下意识窥视。 乡下随时随地可方便，乡下随时随地可窥视。 家乡是岭，平地少，沟梁多，树木簇生成林，夏秋的地为庄稼覆盖，人便于隐蔽，也便于被窥视。 不是存心要窥视，是不留神就已经窥视。 孩子在这样的环境里成长，朦胧的性意识、性启示、性诱惑不知不觉中被播种在了心田里，加上自己觉悟，不师，倒多半自通了。

家乡人盖房，后院是少不了的，却多半没有前院，房门前是场，公用的。 邻里串门，孩子走动，门开着端直就进，门闭着也是推门就进，主人是不犯病的。 但后院是个禁区，不能涉足。 如果要进人家后院，非得征求人家同意。 后院是一家人的方便处，也就是外人的不方便处。 一些人家讲究，方便处固定，围个苞谷秆墙，人蹲下看不见为宜；再讲究些，苫些麦秸草，不为遮人眼，只为遮雨雪。 不讲究的人家后院放养猪，猪满院走，满院踏粪，满院就成厕所了。 家乡人喜爱在房前屋后栽树，后院一到春夏秋，树荫得不见了日月星辰，外边人看去是一堆树，密得透不进去目光，里边就神秘了。 猪嗷嗷，人吆喝，听声，能分别出男女，知道人进后院了。 有女子的人家，后院常晾些花花绿绿，惹眼，不用猜，那必是内衣。小时候未闻有人窥视人家后院，至少未有窥视被捉者。倒是邻村有个传闻，说是一个光棍常爬到树上偷看人家后院，被女主人发现，女主人佯装不知，预备了一盆洗脸水，等候光棍潜伏树下时隔墙泼出，光棍吃了哑巴亏。乡下人面善，心更善，不像王熙凤，兜头一盆污秽。那后院的神秘，挥发的是性的信息。

我舅家的村子坐落在一面坡上，村大，一排排房屋梯级而建，错落有致，后院的外墙是高崖，崖顶是路，人走，一低头，那后院尽收眼底。平日行人不多，一村的人沾亲带故，不很在意，但在意路人。遇到赶集，人络绎不绝时，俯瞰人家后院，常有鲜红的伞晃动，那执伞人不是刚过门的媳妇，就是未过门的年轻女子。青天白日，伞给单调的后院增添了亮色，使过路人忍不住要多丢下去一眼。

家乡人封建，尤其是性，嘴上回避。吃大锅饭，生产队出工，男女不同工，也不同酬。干活是男人扎堆，女人也扎堆。男女非亲非故，不走近，走近必有事，有事说事，选在人堆里，高声。如果不愿意别人听见，那就要费周折，传话，或者让同性人去说。男女不同走，特别是一男一女。即便是夫妻，走路也是一前一后。夫妻不在人前亲热，除非要过河，否则拉手都会被人取笑。乡下人忙中找乐，众目睽睽中偏把人家一对夫妻往怀里推、拽，被推的扭捏，被拽的想挣脱，围观的人都嘻嘻哈哈。未过门的媳妇回门，时常姑姨婶嫂跟着，不与未婚夫婿照面。如果照面，不打招呼，彼此低头几乎是本能，闪身过去，不能回头。姑娘矜持，害羞，才受好评。罕见有自由恋爱的，有，百分之百遭受非议，严重程度可比偷情。两情相悦只能是埋在心里，我给你买个围巾，你给我做一双布鞋，预备好了期盼过年，你来我去，礼尚往来。平日轻易不能亲近，更不能零距离接触。肯定害相思病，治病的处方是结婚证，但主动权不在自己手里，必须听命于父母，做儿女的公然说想结婚，那是不自重。性欲只能憋着，性饥饿只能忍着。人老几辈子都这样，习惯成自然。

再封建的乡村，也有性释放的窗口。有时候，有的地方，明晃晃的无顾忌，是赤裸裸的性教育。记得小时候，娃们喜欢结伙去给生产队的牛割草。理想的去处是妇女锄草的地方，前边锄，后边拾。妇女一溜儿排列，慢悠悠挥锄，嘻哈哈说笑。常有老年妇女退后几步，弯腰，举臀，不把娃们放在眼里。娃们是知道羞耻的，忙低头。也有不规矩的，偏看，一旦被发现，难听话就像炮弹，不绝于耳。实际上，骂是个态度，只能当耳旁风。一排的妇女回望，旋即哄笑。娃们一哄而散。

种地、收割、摊场、刨红苕、挖萝卜等活计，需要男女配合，男女就合为一处。男女搭配，干活不累。歇晌的时候，同辈的男女容易发生"战事"。几个壮实的嫂子扑倒一个小伙子，把裤子扒下来，扔到树梢上去，让小伙子出洋相。也有几个小兄弟扑倒一个嫂子，手上去不忌讳，占尽嫂子的便宜，惹得周围的男女不分辈分，都哈哈大笑，这叫"耍嫂子"。有一次摊场，出动了小学生帮忙，我们的女老师被几个小伙子"耍"了，只穿着背心、花裤衩奔回学校。我不懂得那叫"耍"，以为是"欺侮"。上课铃响，女老师进了教室，红扑扑的脸，笑。我就嘀咕大人都莫名其妙。

小时候我一直奇怪，姑娘不出门（婚嫁），神圣不可侵犯，谁对姑娘动手动脚，那一定是吃了豹子胆，停等着挨打呢。可是出嫁这一天，姑娘出娘家门，进婆家门，早上不过到晌午，变媳妇了。变媳妇的第一标志是，同辈的男子可以“耍”她。新婚三日无大小，长辈中的男子也“耍”得。这就是“耍媳妇”。说“耍”，那是“真耍”，在身上蹭一下，摸一下，不算犯规。等到晚上闹洞房，“耍”更放肆了。我的门中嫂子过门，几个人嚷着“掏长虫”“掏鸽子”。一条围巾从这个裤腿脚塞进去，由那个裤腿脚掏出来，就是“掏长虫”。一块手绢，绾成鸽子形状，从这个袖口塞进去，由那个袖口掏出来，就是“掏鸽子”。一般是强迫新郎来完成，如果新郎不配合，或者不谙个中玄机，那就让别人占新媳妇便宜了。这是个哑巴亏，只能忍。

乡下人热衷听房，男女老少都可以听，却以老的、少的居多。我小时候听过几次，听的过程很神秘，很好玩，很投入。过后大人问，一问三不知。曾有大人问我听到了啥，我说听见“呼”的一声，大人笑哈哈，说：“那是吹蜡！”不明白，想明白，所以娃们也讨论。渐渐地，逮着了大人的话，才悟出了些听房的门道，可这时候我已上高中，上大学，没有听房的机会了。

乡下女人的变化是耐人寻味的。新媳妇虽然可以“耍”，但“耍”期一过，还是要自重的。仍可以笑耍，但不可以再随便动手动脚。刚过门的新媳妇，矜持，羞涩，不串门，被认为是上德。平日衣服裹得严严的，不给人轻佻的感觉。怀了孕是高压线，人多敬而远之。及至分娩出月子，像换了一个人似的，抱个娃坐在人多的场合，怀敞着，奶头系在娃嘴里，一点儿也不难为情。故此，一村的乳房，多半人都如数家珍。

孩子是哪里来的？我们孩子也讨论，各是各的答案，都相信自己妈的话，谁也说不服谁。我妈说，娃是从涝池里捞的。乡下的夏天多雷阵雨，雨灌满了涝池，水溢出来，爬一地的青蛙。我就想当然，以为把那些青蛙拿回家，就能变成娃。我逮了许多，又放回涝池了，因为我妈说，我的姊妹弟兄已够多，养活不过来了。我信以为真，可我还是有了妹妹，我没有质疑，我自己已经确认我妈是在哄我。至于为什么，想知道，却不能知道。邻居有个女孩，她妈说她是从野地里捡的，我一直取笑她是野娃。为了不让我说，她时常用红苕、柿子贿赂我。最终，我还是知道了孩子出处。一晚，我妈已上炕了，又急火火下炕，说是去堂哥家。我是我妈的跟屁虫，非跟不可。我被哄睡在隔壁的炕上，半夜里一声啼哭刺耳，惊醒了我，我一骨碌下了炕，立在门口目瞪口呆。我对最好的一位玩伴耳语："娃是屙下来的。"

一村的人像一家人，杂姓，却排列了辈分。男女不同辈的，同龄，但不思婚嫁；同辈的，即使般配，也不撮合。方圆十几里，流行娃娃亲。一个学校，管几个自然村，一个教室里，难免有定了亲的。不是冤家不聚头，那真是了一对冤家，你不理我，我不理你。娃们就恶作剧，偏把两个人往一处拽，羞得女孩捂住脸哭。女孩一哭，娃们作鸟兽散。但不长记性，过几天又故技重演。娃娃亲，对娃们也是一种性启蒙。娃们至少心里有了一个谱儿，人都是要婚配的，只不明白，有的这么小就先"占"了一个媳妇，有的却没有，譬如我。其实心里挺想的，却怀里揣着，不敢流露，让人窥知了心里想媳妇，那是很丢人的。

男孩的心思，没有大人关注。我的心思我知道。分明对异性感兴趣，却装作一点兴趣也没有。遇集的时候，抱个书，坐在路边的柿子树下，一半的兴趣在书里，一半的兴趣不在书里。远远看见花衣服、红衣服，甚至看见红包巾、花围巾，眼就热，心就跳。等走近了，却埋头在书里，没有了正视的勇气；等走远了，又巴巴望，目送到看不见为止。邻居家来了一个女孩，就总想从人家门口过，为的是去瞥那一身新衣服、一张俏脸蛋。如果母亲让去邻家借东西，那是求之不得的美差，携忐忑的心去，热脸说了来意，拿了东西急出门，离开了还不知道人家女娃长个啥模样。不论是哪里的女孩子，好看的都动心。乡下人呀，恐怕都是这样长大的吧?

对家乡女孩的记忆，也是对家乡最美好的记忆。多少年过去，每一次回故乡去，都诱发于这样的记忆。走在家乡的路上，今非昔比，却有了一种豁然开朗的感知、感想和感悟。眼面前的家乡是性感的、暧昧的，是诱惑人去爱、去窥视、去幽会，去白日做梦的。这梁，这沟，这沟里的清流，这起伏凹凸的坡地，这捂住了丑却也造化了神秘的槐林，总使人联想到刘海粟的画：“人体美，乃美中之至美！”我的家乡当然不是女性的裸体，但却具备了女性美的所有元素。家乡捂一场雪，就像雕塑了土耳其的浴场；春风吹绿了七沟八梁，恰似浴场的女人都穿上了衣裳。树荫了羊肠小道，人走在其中，恍惚走进了梦境。每个角落都适合幽会，每个角落都寂寞、孤独。家乡离都市并不遥远，却是一个被爱情遗忘的角落。家乡像庄稼人一样默默无闻，不会有烂漫的男女跑了来编织新梦，或者重温旧梦。家乡没有感受到都市的逼近，却感受到了都市的吸引，男孩子、女孩子，一到青春期，就像鸟儿一样飞去。不是候鸟，是不归鸟。土地曾经不够耕种，现在不断地返耕还林，犹有被撂荒的。从前牛羊成群，地面的草总不够吃。现在草疯长，蛇在草里潜伏，野鸡在草里下蛋，兔子比老鼠还多。老人越是叹息，家乡越是失落。太阳升起来，是一道风景，没有人欣赏；太阳落下去，是一幅夕阳画，没有人欣赏。月光依旧，家乡入梦，风流已被雨打风吹去。辜负。

想起了我妈

夜已深沉，床上独眠，忽然失眠。我想我妈。没有由头，就是个想。人都有妈，想妈不需要理由。所不同的是，一种想是心里有种牵挂，想回到妈身边去，吃妈做的饭，和妈拉家常话，听妈的千叮咛、万嘱咐。另一种想是不想则已，一想便大无奈，悲从中来。我妈离世后，多半年我不能相信这是事实，不相信故乡那一堆黄土里埋着我妈，不相信案头、书架上的那一纸照片就是我妈！几回回入梦，几回回梦见我妈，完全是生前的样子。有时候分明意识到我妈已不在人世了，却满足着梦里的幸福，久久不肯醒来。

冬夜是长夜，想妈是白想，往事就浮上心头。我妈病后，我每次回去，推门，第一眼看见妈坐在床上，走过去，挨着妈坐下，拉拉手，摸摸脸。妈是老了，手没有了弹性，额布满了皱纹，发稀疏而花白。儿子归来，她无动于衷，却一脸慈祥。妈是痴呆了，可妈认得我是她儿子，这使我稍感安慰。儿子是妈的宿命，妈的付出，儿子如何回报？我爱我妈，可我为妈做了些什么？总是个忙，忙得真就没有了时间去陪一陪妈？总是想着来日方长，可何曾想到过妈竟已来日无多了？ 大悔，但已晚了。

我参加工作后，省城离县城也就一个多小时的班车，可我很少回去，回去也多半是“匆匆，太匆匆”。 我妈只要听说儿子回家，不是立到门口巴望，而是急着进厨房，和面做煎饼呀。所有的面食里，煎饼是我的最爱。 我当时不知道自己的煎饼情结实际上是母爱的延伸。 母亲去了，我才觉悟了自己对煎饼的爱其实是对母爱的依恋。 人世间的爱有很多种，唯有母爱不需要证明，更不需要考验。 就是个爱，与生俱来；就是个爱，难以释怀；就是个爱，与天地同在。 人很怪，曾经依赖娘怀，总想挣脱娘怀，及至挣脱了却不能忘怀。 自古道：“好男儿志在四方。”但不论身在何方，总被牵着、拽着，牵着、拽着的那一头百分之百是妈。 这牵、拽便是母爱。 母子间的默契也在这牵、拽里。 人常说：“爱要说出来。”母爱不需要说出来。 母爱是水，是空气，是阳光，是土地。 拥有，所以感觉不到存在；感觉到了，母爱却只能回味了。

我妈的年轻日子是苦日子，缺粮，缺钱。 我挣了钱后，见到我妈，喜欢给她钱。 给多少我妈都会接，接钱的时候眉开眼笑。 我妈曾经向村人显摆：“我不挣钱，我儿挣钱呢！”村里人就附和她：“你是把儿养成了，一辈子不为钱熬煎了。”我也知道钱到我妈手里，不会变成我妈嘴里吃的、身上穿的。 我妈过世后，妹妹整理妈穿过的衣服，意外地发现许多口袋里缝补得严实，拆开，里边装的都是一沓一沓的钞票，五元、十元的最多。我大学刚毕业时，发的工资都是五元、十元的。 等我的工资袋里有了百元大钞时，我妈已经对钱“不感兴趣”了。 给她钱，她说：“我要钱没用。”我背过脸去，抑制不住泪水。我妈确实不需要钱，可我需要给呀。只有给钱的时候，我才能体验到有妈的好。在我看来，给妈花钱，是天经地义，所以挣钱才有意义。

我妈体弱多病，是个药罐子。小时候，三天两头要给我妈煎药。至于啥病，却不很清楚。似乎是不能生气，一生气就睡倒炕上，好几天爬不起来。但苦日子人家，似乎有生不完的气。爱生气的人多半是自己气自己。有时候父亲回家，一家人坐在热炕上，你一言我一语地数落我妈：“日子是越来越好了，有啥想不开的？”“过自家的日子，生啥闲气嘛！”“放开手，享自己的福，别尽操闲心。”我妈听进去了，会打起精神坐起来，一脸笑。可过后不该生气的时候，还是个生气，生自己的气，生儿女的气，嫌儿女这不对、那不对。我爸说：“你妈就是个操心的命！”

真不操心、不生气了，我妈病了。三次住院，两次病危。我妈的病我最清楚，所以心里一直隐藏着忧。平日一接到妹妹电话，我就神经质，急问：“妈好吗？”妹妹说：“好着呢。”我就喜悦，一天都有了好心情。我是盼着妹妹说“好着呢”，只要妹妹迟疑，我就预感到不好。2005 年的冬天，是我一生真正的冬天。无数次的祈祷落空，我妈走了。这一去，给儿女的心里留下了巨痛。至今我回到故乡，耳朵犹自出现幻听，隐隐约约是妹妹在母亲坟头放长声哭。妹妹一直伺候母亲，我们弟兄姊妹六个，她应该是最孝顺的。她曾经对我说：“哥，我总觉咱妈没死，我哭她能听见。”我说：“肯定能听见！”

歌曰：“世上只有妈妈好，有妈的孩子是块宝。”没有妈了，在谁眼里还是块宝呢？

想起了我爷

白胡子，瘦，嘴不离曲儿，左手端烟锅，右手拎拐棍，走路手背后，拐棍和烟袋也就耷拉在身后。眼花了，耳背了，到人前不笑不答话，开口就有男女老少围过来，缠着要听说唱。不推辞，不摆谱，最喜欢说《张连卖布》，最喜欢唱《二进宫》《下河东》。眼眯着，头摇着，手打着拍子，一副醉模样。人堆里一定有我，滚在怀里揪胡子的也一定是我。我骄傲，这是我爷。

我出生的时候，我爷已快八十了。他给我起了个名字——“空儿”。他给人的解释是他的这个孙子将来是“空”里的人，要吃“空闲”饭、享“空闲”福的。我爷抱着我长大，等我挣脱怀抱胡跑乱窜了，他感叹自己跑不动了。常常喊声到耳边了，人还远着呢。他看见一堆影影就过去，在娃堆里乱摸，逮着谁摸谁，专摸脑门子。全村的娃，只有我留着一个朝天辫，我爷摸着辫子了，就等于摸着孙子了。我妈说这是我爷的发明。

我爷很小的时候，没了母亲。十二岁又失去了父亲。他的父亲是背了一卷席走的。我爷扑倒在席筒上，大放悲声，边哭边说："大（dá，陕西方言，即父亲）呵，你娃老的时候，一定要背柏木棺材！"我爷高寿而终，实现了誓言——背走了柏木棺材。

我太爷走后，我爷带着一弟俩妹走河北（渭河以北）了。俩妹给了人（大姑婆当童养媳，小姑婆被收养），他和弟弟相依为命，靠扛活为生。我爷二十六岁的时候，大年三十东家摆年宴，请我爷坐上席。东家母给我爷和我黑爷（我爷的弟弟，我不知道为什么叫黑爷）做了一身新衣服，说："明日新年穿上。"年过后，东家说："你不小了，该回家开门立户了。趁着一年伊始赶回去，图个好兆头。新衣服先脱下来，走长路穿旧的，不招摇。准备了个包袱，记着带回家再打开！"东家给了我爷一串铜钱和一摞锅盔，用自行车送我爷到渭河桥头，再三叮咛："把包袱带好，不许半路上打开！"我爷听话，直到回家才打开包袱。门中人眼看着包袱里是几身衣服，衣服里包着一大疙瘩银圆。

我爷买了地，盖了房，过上了殷实的日子。正是兵荒马乱的年月，方圆闹刀客，抓壮丁，过队伍，免不了受骚扰。家有余粮，密封在瓮里，瓮深藏在碾盘底下和土院墙里头。过兵的时候，我爷让我婆多蒸了白馍，整蒲篮摆在院门口，任由兵取。兵走过，秋毫无犯。

我爷懂阴阳，能掐会算。有一年，他让村里人种高粱。这一年，天大旱，只有种高粱的地没有歉收。我爷放了话，凡村里歉收的人家，都到我家地里去割高粱穗子。我一个门中伯也去了，我爷用拐棍挡住去路，说："你家不缺粮食，你不能去！"

一晚，月亮高照。有人报告我爷，说我家棉花地里有人影，像是偷棉花。我爷寻到地里，认出了摘棉花的是王家的一个后生。我爷咳嗽了一声，那人撒腿就跑，我爷说：“跑啥呢！我知道你家没种棉花。我是想告诉你，等天明了来摘。装棉衣的棉花需要好的。”过后，闭口不提此事。王家的后生逢人便讲：“我恒喜叔（恒喜是我爷的名讳）是个仁义之人！”

我爷嗜烟如命。记得我姑隔三岔五来看我爷，来了就上炕，不坐稳就要水烟袋，我爷递过去，父女俩你一口，我一口，津津有味。这一幅父女对坐吸烟图，至今历历在目。我听说，家里曾经有半亩地种烟土。上世纪40年代末，眼看着要改天换地了，我伯（黑爷的养子）背了个磨扇，腰缠着麻绳，一进门先朝我爷磕头，说：“伯，我不是你的亲儿，我心硬着呢！”用麻绳捆了我爷，绑在磨扇上，七天七夜不下炕。我爷戒了烟土，对我伯说：“你不是亲侄子，你是亲儿子！”直到现在，我伯的后人虽和我们没有血缘，可一直最亲。

我爷离世的时候，孝子（女）跪了一地，女子多半是“拾”来的。我婆是后娶的，我婆带来的俩女儿都是我爷拉扯大的。门中有个姑，很小就落孤了，被我爷领回家，养大，还给陪嫁妆。麦熟口，山里的麦客（多半是女的）托儿带女的，出山来拾麦穗，我爷收留了一堆，挤住在我家的院子里。早晚管饭，帮看孩子，把她们拾来的麦穗摊晒碾打，让她们背回去的是整袋的粮食。一年又一年，她们像候鸟，按时来去，走娘家似的。有个麦客娃多，走的时候故意丢下了一个，我爷乐得合不拢嘴，说：“这是老天爷给的女儿么！”也养大，像女儿一样嫁出去。这些女子，都把我家当成了娘家。

我爷一辈子，指头没碰过一个人，人反而都敬他，红白喜事都请他。遇媒事说成，遇仇人说和，他的人缘越来越好。有一句话吊在他的嘴上：“忍忍忍来绕绕绕，忍字还比绕字高。”没理，就赔笑脸；有理，让人三分。我黑爷跟着我爷长大，一辈子嘴硬，不把我爷叫哥，三天两头闯祸，我爷就三天两头赔不完的不是。我黑爷另立了门户，心思不在地上，地荒了，不打粮食，嚷着要和我爷换地，我爷就换给他。我黑爷咽气的时候，拉着我爷的手说：“哥，我带累你一辈子！”兄弟俩老泪纵横，泣不成声。

有我爸的时候，我爷已五十出头了，对我爸的疼爱，不言而喻。我爷没有文化，却把我爸送进了学堂。我爸考到西安一个学校了，我爷又死活不让我爸上，他怕我爸翅膀一硬飞远了。他给我爸订了娃娃亲，做梦都盼着人丁兴旺。到老抱过六个孙子，他的满足可想而知。

我一天天长大，我爷一天天变老。他没有病，只从崖上摔过一次，炕上躺了半年多。大难不死，他说吉人天相。年过半百，就为自己预备了一具柏木棺材，油漆黑亮，放在楼上，一放就是三十多年。红漆的里色，曾经盛满了粮食。人口多了，棺材就空了。一次，不见我爷了，村前村后找，没处找了，才找到楼上，我爷竟把老衣（寿衣）穿齐整了，躺在棺材里等死。我爷说：“活够了！”

春夏秋冬，我爷不离了火炕头。大白天，屋里只有我婆，他嚷嚷：“来了一屋的人，快搬凳子呀！”一个人坐在炕上丢盹，忽然睁开眼说：“来，炕上坐！”说得煞有介事的。他说他舅来了，他舅其实已经离世多年了。他说他回老家呀，把布枕头夹在胳肢窝，提着烟袋和拐棍，就往门外走。一次，我妈干完地里的活儿回来，又不见了我爷，正寻呢，村后的贺家来人说，我爷上了他家的炕，脱衣睡了。我妈去叫，可我爷死活说他睡的是自己的炕。让他摸墙上的窑窝和架子上的糖罐罐，他才灵醒了。

一晚后半夜，全家人都睡沉了，却听见有人叫门。叫门的是我堂兄，竟背着我爷。我堂兄在县上工作，没赶上班车，走回来了，经过涝池时，隐隐约约看见一个人影坐在涝池边，走近了认出是我爷。那个涝池原是我家的，后来搬家了，就变成集体的了。

我婆老（去世）于初夏，我爷拈着胡子微笑，说："我也不久长了。"一个月后，我爷晚上又嚷着说自己回家呀，一家人起来，我爷已摔倒了。卧炕月余，开始绝粒，绵延一星期。我姑去问神，神说我爷一愿未了，需烧一刀火纸，撂过活人的心。照神的说法办，一刀火纸烧尽，家里人哭成一团。我看见村人用麻纸盖了我爷的脸。我没有哭。在我眼里，我爷只是睡着了。

老家的邻居

老家的房子坐西朝东，有南邻，有北邻。初记事起，一家人与南邻家的人不招嘴（就是见了面不说话，你不理我，我不理你），原因是为一床单子。我妈把一条浆洗的单子晾在园子里，日落去收时不见了。扯开嗓子追问，左邻右舍没有一人应声。过了些时日，有人嘴长，说是南邻三婆家的炕上铺着我家的单子。我妈急步去了南邻家，一眼认出了炕上的单子，出手就扯，没有把单子扯到手，倒和三婆扯打起来。三婆既然是“婆”字辈，自然比我妈要老许多，可我妈身子单薄，不是对手。打不过，只有卧床上生闷气，两家的“仇”也就这样结下了。小时候两家人形同陌路，走路都要绕弯。渐渐地晚辈之间有点和解，但我妈和三婆的疙瘩一直解不开。1974 年夏，我妈生我小妹，遇到麻烦，村里的赤脚医生束手无策。我婆也能接生，却急进急出，显出慌张的样子。三婆是出了名的接生婆，村里一半的孩子都是她接生的。她本是待在家里等我家里人请的，左等右等不见我家有人闪面，心知救人如救火，是摆不得谱的，自己热着脸上门了。三婆一现身，难题迎刃而解，我妈我妹母女平安。从这日起，与南邻和解。和解不等于和好，更不等于和好如初。但在我心里，三婆不再是凶神恶煞，而是多少有点慈眉善目了。我上高中时，家里要在园子里盖房。从老辈子开始，左邻右舍门前的园子是连着的。此前，北邻分家，老大便在对门园子里盖了三间大瓦房。我家在园子起基时，发现北邻的房子撵了我家的园子，这意味着我家要盖三间房，也得朝南邻的园子撵去三尺。巧在紧靠我家的园子边上，南邻家有两棵大桃树，东西排列。正是春天，花繁了一片。三婆是细发（仔细）人，善经营，年年收获桃，有一笔可观的收入。父亲怕多事，已决定不往南撵了，三婆却寻上门来，几句话温暖了我一家人的心。她说：“盖房是大事么，咋能凑合？有俩桃吃，没俩桃还不活了？”自己竟动手把树挖了。从此，两家关系冰释，往来也多了起来。

我家的老庄子在梁上。我爷是老来得子，把我爸看得贵重，给我爸认了一个干大。我爸的干大见我家是独庄子，就把自家的一亩庄基地给了我家，也就是我家现在住的地方。盖房的时候，我家挨着北邻。农村有个讲究，盖房总要“盖”过邻居，不是把房基垫高，就是把屋脊砌高。我爷是出了名的明白人，不让垫高房基，也不让高筑屋脊。立木后垒墙，北邻王爷发了话，叫我家别砌梁以上的北山墙了，就借用他家的。这是天大的面子，村里人都夸王爷仁义，也夸我爷会活人。王爷、我爷下世后，两家关系发生了微妙的变化。人老几辈子，家家后院的水道都是朝北的。北邻的后院盖了厦房，水道被埋在房基下。夏日遇阵雨，我家的后院必积水；遇连阴雨，水往屋里渗，炉炕的火道里天天须舀水。我妈终于发现，往北的水道堵塞了。就去北邻家后院捅，人家嘴硬，说是水道不堵。我妈非要捅，果然水道里有一块石头。北邻家的女主人红了脸，不吭声，两家就此有了隔阂。雨天总要去人家后院捅水道，隔阂自然有增无减。过了若干年，我妈"农转非"了，住在了县上。有一年，北邻的男主人被拘留。据说是两家打架，北邻用刀子吓唬对方，厮打中刀子不长眼睛，捅了人家姑娘娃的臀部。这事可大可小。两家人都找我爸，一家想私了，一家想公了，针尖对麦芒。我爸要做和事佬，我妈反对，理由是北邻曾经堵过我家出水道。我爸说："冤家宜结不宜解。"后来听说大事若不化小，人可能要被判刑，我妈的态度就大转弯了，给我爸帮腔，硬是把两家人说"和"了。大哥、二哥还在老家住。经此一事，北邻与我家也和好了。

我妈"农转非"二十年，最喜欢的是村人到县城办事，抽空儿来我家小坐，一村的家长里短，我妈知道了，我也就知道了。昔年的是非曲直，都被岁月稀释，乡情却与日俱增。2005 年冬，我妈病危，我护送她老人家回到老家，村人闻讯，纷纷来家探视。有一妇人，年迈，歪着小脚，拄着拐杖，来看我妈。我妈本已糊涂，看见村人，又仿佛清醒了，一脸的笑。不料想次日，我妈就长行了。村里的成年人，都来家哭。北邻家的女主人在西安给人看门，走不开，却非要回村里哭我妈，她的一句话热了我一双眼。她说："我总要见上你妈最后一面，不然将来也去那边了，还有脸搭话？"下葬的日子逼近年关，外地打工的人都提前赶回来送埋。村里沿袭了不成文的规矩：红事可以不回，白事是必须回的。在村人看来，送埋人关键是最后一程，不送是不行的。村祭之夜，我是真正理解了什么叫乡情，什么叫邻里。

人生在世，讲究一个“缘”字。细思量，邻居也是可遇不可求，遇上了那就是缘分。是缘分，就该珍惜。

我心里的一尊碑

在这个不飞雪的冬天里，我怀念我的语文老师陈瑞琳先生。

记得是去年中秋的时候，党端婧老师来访问我，与她很自然地谈起陈老师。党老师比我年长，但在陈老师面前也是名副其实的学生。我在北关中学读书的时候，党老师是陈老师办公室里的常客，因为陈老师喜爱我，我也常去，就和党老师有了共同的语言。我问党老师："你可知道陈老师怎么样了？"党老师说不知道，但与我相约，过了国庆节，专程去探望。我们已经忘记了自己的年龄吧？竟也忘记了陈老师的年龄！我上高中的时候，陈老师已经年届花甲了。我上大二时陈老师已经退休。现在，我大学都毕业二十八年了。心里当然担忧，但仍期盼，结果期盼来了一个令我难受的消息：陈老师已经作古三年了。

我没有悲从中来，却愧从中来。我没有理由不知道老师过世的消息，也不能用忙来安慰并解脱自己。陈老师的家离西安城区可谓咫尺。从白鹿原北坡下去，过灞河，过西蓝高速公路，过老 312 国道，便是古华胥国遗址所在的新街村，陈老师就住在这个村子里。陈老师是大儒牛兆濂的关门弟子，与乃师一个故里，毕业于著名的三原中学，回乡执教小学。上世纪50年代初，奉命调入大荔师范学校，供职逾二十年。他是“一头沉”，又想着叶落归根，便屈尊调入蓝田县北关中学。我上高中时亲近他，是因为他赏识我的作文，时常拿了我的作文当范文到别的课堂上朗诵，这一份荣耀所产生的自豪加感激深深地沉淀在了我的心底。他鼓励我写作，推荐我课外诗文读本，把自己的藏书介绍给我阅读，向我常讲一些古人好学的故事。事实上他喜爱所有喜欢他语文课的学生，但凡去找他，无论是否为了学习，他的脸上永远挂着笑容。他的家乡背靠着横岭，他的脸与横岭的沟壑地貌有几分相似，但不严峻，即使生气的时候也无法显现师道尊严。多年后我回想他的脸，自己笑了。他的脸与枯莲更相像，他的笑是莲花的喜悦。

不止一个同学问过我：“你为什么会和陈老师好？”其实我自己也想过。在北关中学，许多老师和学生对陈老师很不尊重，我愤愤不平，却也无可奈何。陈老师是读过私塾、背过四书五经的，言谈举止温文尔雅。他是满腹诗书，挣钱舍不得吃穿，却舍得买书，书丰富了他，也文化了他。他告诉过我，他的好脾气不是从娘肚子里带来的，是后天修炼的。与他有了深交后，才明白他并非对轻慢与侮辱无动于衷，他怜悯所有的轻慢者与侮辱者，因为他们只会也只敢在善良者面前显露他们的可怜和可憎。陈老师告诉过我，他不忍，他大而化之，因为“忍”字是心上戳一把刀，受伤害的只能是自己。他就学弥勒佛，“大肚能容容天下难容之事”。他的处世哲学被解读为懦弱、窝囊、迂腐，他知道被误读，却泰然自乐。他说做人是做自己。既然怀揣着个良知，就照着良知去做，但求问心无愧，不求被所有人理解。事实上，被理解又能如何？小人不会喜欢君子，势利眼只会向权势献媚。多年后，等我有了人生阅历后，才真正悟透了陈老师的话。蜜蜂不喜欢屎，苍蝇不喜欢花。人与人道不同，何必违心周旋呢？敬而远之可也。就处世而言，对我影响最大的，一个是祖父，一个是陈老师。祖父告诉我忍，陈老师告诉我不忍，殊途同归，那就是大而化之。世间的人和事，有什么大不了的？

我上大二的那年秋天，陈老师突然来到兰州，说是路过。陈老师退休了，觉得自己身体尚健，记忆力也好，早早回家颐养天年太奢侈了，也对不住自己一肚子诗书。他应聘到了宁夏中卫县，继续他的传道授业解惑。那一天陪同陈老师走黄河铁桥，游白塔山，师生有说不完的话。之前我已经耳闻他有一肚子委屈，我不问，他不说，只在诗文掌故里你言我语地陶醉个不亦乐乎。那一年我才十八岁呀，少年心事当拿云，踌躇满志溢于言表。陈老师却已是六十“高龄”，与他的学生没有了阅历的隔阂，只有了赤子之心的情投意合。他到了中卫以后，与我一直保持着书信，他数说着中卫学生的苦与质朴，我诉说着自己志向的远大豪华。多少年后，回味那一段师生书信往来，真感激了天地造化的惬意安排，使我切身感受到了师生之间的那一种诗文传承的道义之美。如果把人分为身和心，身是父母所赐，心却是老师所培育。老师之道在于言传身教。老师是花粉，学生是蜜蜂、蝴蝶，受益而不自知，恰是人生最珍贵的财富。

我回西安后，老师也告别了宁夏中卫，回到了老家。他是闲不住的，找我寻工作，说是看大门也好。我答应了他，却没有满足他。我的心思他知道，我不希望他再奔波。不久，他写信告诉我，他应聘到了狄寨中学。狄寨原就是白鹿原向北的延伸，步行一个小时，就可以到新街。过了古稀之年，他才彻底告别了讲台，过上了田园生活。也可能有一年的光景，他被请到县上编县志。我去看望他，大热天与另一位老者同居一室，没有电风扇，一边手摇扇子，一边满脸淌流着汗水。他高兴，说修志是当世功德，他老师牛才子就修过县志。他具体负责交通志，整日爬格子乐此不疲。县志出版后，我找不到他的名字，扫描式阅读后才发现，编纂委员会的名单占了多半页，陈老师的名字隐藏在脚注的一堆六号字里。还好，总算是“人走留名”吧！

陈老师常进城看我。他家没有电话，也不习惯电话，想进城了就站在公路边，只要进城的班车都上，不在乎有无座位。他说：“我腿还硬朗，站着没事。”他总带些地里长出来的萝卜、红苕、苞谷棒子等，不空手。我笑说：“你是老师呀，来已经搞反了，还带东西，折煞学生呀！”他慢声细语解释：“是你师母的意思。我说进城找孔民（我的原名）呀，你师母看见家里有啥，就往兜里装。新鲜的，你尝个鲜。”坐不了十分钟，他就起身，说：“孔民，我见你了，我回呀！”他嫌我忙，耽搁我工作。我不放行，总是哄他：“不忙！不忙！”带他去饭店吃饭，他总是推辞说不饿，我说我饿了，他不吱声了，跟着我。一碗面，一碗饺子，不许我要菜，还振振有词：“你工资不高么，孩子正花钱！我是吃地里的，地里长啥吃啥，吃得最多的就是菜。”我进商店买东西，他推三阻四，我笑道：“总得给师母带些啥吧？不然，师母埋怨你这个学生不懂事。”我总想买些农村稀罕的食品，他总是嫌贵。送他到车站，他说：“你总是破费，我再不来了。”他仍来，只是相隔的时日越来越久了。

最后一次见他是 1995 年麦收后，那一日回蓝田，感觉不见日久了，便决定半路上下车，去访他。一下公路，就看见一个人在摊场。草帽，蓝制服衫子，黑制服裤子，拿着杈，弓着腰。眼前一亮，扬声喊：“陈老师！”陈老师耳灵，转过身，叫：“孔民！”摔了杈，急步迎过来，拉着手不丢。跟进他新盖的楼，师母正坐在杌子上择菜，看见我喜悦地直起身子，说：“你看天热的，我娃快坐下凉快！”小脚进来出去，递扇子，沏茶，寻吃的，腿脚已不灵便。我不打算吃饭，师母却非要做饭，说：“不常来么，你多坐会儿，你师生说话。”端详我的老师，古铜色的脸胖了，黑了，却显得更健康了。陈老师说，他现在不读书了，伺候师母的自留地，图个自食其力；伺候一堆孙子、一堆鸡，图个天伦之乐。说着话，孙子就这个来了，那个去了，要这要那的。陈老师指着门外的山说：“虽然这山不是那山，但总算是体会到《归园田居》的那种诗情画意了。”顺口吟了几句陶渊明的诗。他领着我看楼，两层，楼上楼下的窗子都没有安窗框。他说为了这个楼，积蓄掏空了。当初老五的媳妇娶不进门，媳妇的进门条件是盖楼。他有五个儿子，都务农。老五是可以接班的，却没接成，个中曲折，陈老师不说。五房媳妇娶回家，加上盖楼，开销是想得来的。陈老师从来不说负担重的话，师母想说，陈老师不让说。临走，陈老师送了我几本书，说：“留个纪念吧！”他送我到公路边，车远去，他远望，一直到我看不见了他。那一次我落了泪，不知为啥。或者说我知道为啥，不方便说。我背了一路周敦颐的《爱莲说》。在我心里，陈老师就是一株亭亭玉立的荷。

工作确实是越来越忙了，岁月不留神，就溜走了很多。年年提醒自己要去看陈老师，年年都落空了。西蓝高速公路通车后，按说看望他老人家更方便了，却一年多少个来回都错过了。检讨自己，只能说没有那个心。怎么能忘记自己爱戴的老师呢？可我就是“忘”了。自知是心里有着老师的位置的，可为什么不去看望他老人家呢？深深的自责一直使我内心不安。去年已过了三年，那么老师应该是2009年作古的。十四年里，他老人家是如何度过的？我不知道其他学生是否和我一样“忘记”了老师，也不知道他老人家是否“忘记”了他曾经给予过关爱的学生？老师的忘记是一种“忘我”，学生的忘记却是一种“忘本”。

我知道自责没有意义。江河不倒流，岁月不倒回，老师走了，越走越远了。岁月的无情，第一便是夺情。人生的全部意义都系于一个情字。亲情与生俱来，师生之情可遇不可求。由小学而中学，而大学，而事业，会遇到这样那样的良师益友，真情寄生其中而不自知，虽自知而不牢记，虽牢记而不维护，虽维护而不身体力行，真情便被岁月慢慢地稀释，乃至于若有若无。情之在人，一百次问候不如一次握手。真情如同鲜花，珍视并不能阻止枯萎，只有及时地表达、送达，彼此闻得见芳香，才算得上真正地拥有。

陈老师，我辜负了你！然而我无须请你原谅，因为你早已潜移默化了我，使我明白了你的与众不同。你是蜡烛，燃烧就是为了发光，发光就是为了照亮别人。你恪守宿命，以自己一生的言行立起了一尊碑。现在，这一尊碑已在了我的心里。

朋友的母亲

朋友不记事的时候，自己的妈辞世了。朋友记事的时候，和别的小朋友一样，已经有了妈。朋友一天天长大，一直把继母当成了亲妈。继母很好，所有继子、继女都视若己出。所以，朋友的童年是快乐的，朋友说她也是幸福的。

某一年，某一件事，某一句话，某一个闪念，某一个刹那间，竟令朋友心里疑窦丛生。她沉不住气了，却装作若无其事地问父亲："我妈是亲妈吗？"父亲瞪了她一眼，不悦，也不说。追问得多了，父亲终于用了一句反问作答："你妈不像亲妈吗？"朋友太聪明，她心里早已有答案了。

存了一个心，就多了一个心。但凡见到父母一辈的故人，朋友必要巧妙提问，终于让她问了个水落石出：上世纪 70 年代初，她的亲生母亲在医院病故了。甚病，不得而知。弥留之际，朋友曾被抱到母亲病榻前见最后一面。对此，朋友连一点影儿都记不起来了。令她不解也令她不满的是她的家离西安并不遥远，但她的父亲并未去医院探视、告别，也未料理后事，任由医院处置。"为什么呢？"她多次质疑、追问，父亲总是报以沉默。

朋友却较真了。她左右打听，终于知道了亲妈病故的那家医院，也知道了亲妈去世的大概时间。她托关系去医院查问，得到的答案是她妈殁了，无人认领，就作为无名尸体送殡仪馆火化了。朋友又疏通关系去殡仪馆查找，殡仪馆的答复是既然尸体无名，那肯定找不到了，劝朋友别白费工夫了。

朋友不死心。自己的亲妈，怎么能不知下落呢？她继续去殡仪馆交涉。或许是她感动了上天。一个依旧不抱希望的日子，她却意外地看到了希望的曙光。母亲病故在一个所谓动乱的年月，医院与殡仪馆之间的关联记录却完整得令她不相信了自己的眼睛，而殡仪馆对待每一个被火化者也并非像传说的那样一无是处。有人旁白："毕竟是人嘛，生死大如天嘛！"

朋友竟然找到了亲妈火化的具体时间，还找到了亲妈骨灰盒曾经存放的地方。据说凡不被认领的骨灰盒，殡仪馆顶多只存放三年，然后就"扔"了。"怎么能扔呢？"朋友曾不无悲愤地想过，事实上不是这样的，殡仪馆无人认领的骨灰盒数以万计，一直都安然存放着，等待冥冥之中某一个亲人来寻找。直到上世纪 90 年代，殡仪馆动议搬迁，才选了三处远郊荒野，将存放的骨灰盒深埋。每个骨灰盒都有编号的，编号都对应着姓名。朋友欣喜若狂！她终于可以找到亲妈的骨灰盒了。等找到埋葬的地方时，她又绝望了。埋葬的地方早已高楼林立。面对那个地方，朋友双手合十，默立良久，泪流满面。心说："妈，女儿总算知道你的栖息地了！"

朋友存了一个心愿的。找到骨灰盒后她要另寻一块墓地，立碑，为亲妈写一段生平文字，祈愿亲妈的灵魂能早点超度、升天。为此，她去过亲妈生前工作过的地方，查找亲妈的一切信息，包括生日、工作日、结婚纪念日等。拜档案馆开恩优待，她都一一找到了。可是，亲妈的碑该立在哪里呢？她没有找到亲妈一件遗物。她唯一找到的就是真相，还不完整。她不无遗憾地说："不知为何，父亲始终不肯开口！"她不原谅自己的父亲，即使父亲那么爱她！

但她还是原谅了，就在父亲高寿而殁的那一刻。她忽然觉得自己对亲妈几近偏执的身世追问，其实都缘于对父亲深深的爱。她不是心血来潮，更不是鲁莽行事，她是为了一个隐忧，或者说一个心结，只是难以启齿罢了。她的亲妈走了，一个人那边孤苦伶仃；她的亲爸健在，却毕竟高龄，随时都有走的可能。虽然有继母陪伴，而且已四十多年，真可谓夫妻恩爱，相濡以沫，但一个事实回避不了，那就是继母也有前夫，早殁而已，听说殁前夫妻感情甚笃，年年岁岁，继母必要亲往前夫坟前祭奠。朋友寻思：焉知那不是一种生前约定，或者就是继母的承诺？况且人家还有儿女！继母的举动，朋友的姊妹弟兄都深表理解，甚至都深受感动。做人，做夫妻，本应该那样的，无可厚非！

"可是，父亲怎么办？"不久前朋友仍在纠结。父亲在世时乐观，已为自己买了墓地，当然是成对的。父亲的心愿一目了然，可继母会令他一如所愿吗？朋友一声"唉……"，泪珠又在眼眶打旋了。我无语。

山　妹

山妹应该是我的师妹。第一次见她，我上初一，她刚挣脱襁褓。爱笑，笑起来两个脸蛋一边一个酒窝，可爱里有一种天生的憨态，谁见了都想抱一下，亲一口。我上大学时，她刚上学，听说喜欢学，迟早去她家，她都趴在桌子上做作业。我进门的时候，她不抬头。捂一头黑油油的发，发覆额、掩耳，把一对酒窝遮一半，露一半。脸不是很白，却比白耐看。多年以后，我几乎要把她忘却，她却出现在我面前。她不说自己名字，我绝对不会认出她就是我的那个师妹。一对酒窝，唤起了我的美好记忆。我笑道："美！丑小鸭变白天鹅了。"让座，她不坐，宁肯亭亭玉立着，接受我目光的点阅。白衫子，黑裤子，平底鞋，典型的学生打扮。一对粗长而黑的辫子，如今已是少见多怪了，却显现了一种说不出来的美。脸白了，那种健康的白；手也白，真称得上是纤纤玉指。我的目不转睛使她有点局促，脸渐渐由白而红。我邀她去我读书写作的地方，她频频点首。走了七八分钟路，就到了。进屋，让她坐。只有一把椅子，她不再推辞，却只坐了椅子一角，低首，垂眉，刘海依旧覆额，脸依旧红润。两手合掌，虚放在腿上。我坐床沿，面对着面，目光仍被她两条黑而粗的辫子吸引。我想起了老子的话：“见素抱朴。”向她解释这四个字的意思，她倾听，似笑非笑，酒窝里有了一种喜悦。她刚从技校毕业，被分配到山里一个国防厂当打字员。她的梦里有文学，所以话头总离不开文学。可能是我在写作上有了一点虚名，让她不等闲视之，所以非要拜我为师。我当然拒绝，希望以兄妹相称。她就叫我哥，叫得顺溜。因为她在山里工作，我就叫她山妹，也叫得顺溜。

一年春，山妹来了电话，说是山里桃花“好很”。我明白，这是向我发请柬。当时正心烦，求之不得，第二天恰好周末，就匆匆上路了。先回县，再倒车。心跟着车，车撵着路，路逆着河，河是一脉清流，曲里拐弯，拐向深山幽谷。豁然一亮处，树木簇拥了一堆“积木”，知道那可能就是厂区。近了，果然是。车停住，山妹已扑入眼帘，向我挥手。下车，也挥手。算不上久别，却像久别重逢，自然走近，亲近，亲热，热了眼，热了脸，热了心。一声哥，一声妹；一脸写意的笑，一脸惬意的娇。酒窝依旧，生动里有了羞涩。尾随身后，跟着背影走，眼睛里有了一道靓丽的风景。上衣并不时尚，因为粉红，所以醒目：宽松的款，细软的丝，轻柔薄透，不拘束女儿的姿态，不掩饰女儿的本色。裤子也不特别，因为紧身，所以惹眼：洗白了的蓝，流行的牛仔，束缚了腿，却展示了形体的优势。发长披，发飘柔，发挑逗，使人忍不住要惊叹：青春就是美！

山妹住集体宿舍，门虚掩，不推而开，迎接的竟是三张脸，脸上都是青春的气息。一瓶桃花红，一瓶迎春花黄，满屋都是春意。饭菜端上桌，四菜一汤，盘里、碗里都是春色。耳、眼、口受活，未饮酒，却有了醉意。窗口是峰峦的写真，初升一轮满月。山妹说：“那月多美，田野看去！”姑娘们附和，我当然附和。第一次被少女簇拥着，真有做了神仙的感觉。风到脸上，像绵软的手在抚摸；月悬峰头，像嫩白的乳在炫耀。步入了阡陌，渐入了佳境。麦深而春涌，月媚而夜静。席地而坐，耳边汩汩有声，汩汩的就是来时与路为伴的那一脉清流。汩汩声近，汩汩声远，汩汩声里有了青春的低吟轻唱，声如天籁，心如云飞。声与清流合拍，心与天籁和鸣。耳临清流洗，洗去了日积月累的灰尘。坦然，怡然，释然，自然而然，真想坐到月落日出，坐到地老天荒。约定，明日一块去走山。

我要去住招待所，山妹却坚持让我住她们的集体宿舍。周末的女职工宿舍多半空床，几个女孩子各自寻了睡处，山妹却忙着给我打洗脚水。几番催她也去睡，她却要和我下棋。棋子无语，蛐蛐有意。几度恍惚，如临聊斋。月白窗外春，独怜眼前人。总是走眼，抓棋子的时候常抓山妹的手；总是走神，不是自己的炮打了自己的车，就是自己的马踏了自己的卒。我说：“睡去吧！”她说：“再下一盘。”却又下了三盘，竟不知输赢。我是真困了，山妹这才带上门出去。高卧山妹的床上，却没有了睡意。山妹要换床单、被套和枕巾，被我阻止。新换的，如何能闻到如此美妙的气味？暗香浮动，如同幽灵。月光透视着窗帘，索性把窗帘掀开。朦胧中山妹似踏着月光进来，竟默吟白乐天的诗句：“风吹仙袂飘飘举，犹似霓裳羽衣舞。”不知是我吟，还是她吟？春夜，月夜，不眠之夜。

门轻轻开，门轻轻闭。风进来，香进来，人进来。装作酣睡，眯缝的双眼里分明有了朝阳变幻的五颜六色。 风是春日的晨风，香是牛奶的乳香，汇合了面包的麦香，汇合了迎春花、桃花的芳香。 等山妹出去，便坐起来。 一窗朝霞，一屋阳光。桃花、迎春花滴着朝露，在窗口鲜艳夺目。 粉红色的棉被里外都是温馨、温情和温柔。 还有几根长长的魂一样的发丝。 看着那黄的、红的花，心池一如春池。“风乍起，吹皱一池春水”。山妹又进来，端一盆热水，顺手把热毛巾递到我手里。 刚抹罢脸，挤了牙膏的牙刷已在等候我伸手去接了。 我笑道：“妹呵，别对哥这样美好，哥会犯错误的！”她的嘴不笑，脸却和悦、旖旎，手忙着为我沏牛奶，却洒到了杯外。

别的姑娘一直不闪面，我笑问：“她们还睡懒觉？”山妹答：“她们另有了活动。”我信以为真，就和山妹出发了。

出门就是山，进山就是松林，阴森森的。 窄窄的小路，细细的溪流，蜿蜒逆上。“问渠那得清如许，为有源头活水来”。我想，我是真到源头了。 头顶上松风送香，脚底下草色撩人。喧闹声渐渐地被屏蔽，人仿佛挣脱了尘世，步入了仙境。 鸟儿分明在树梢上飞动，感觉仿佛在耳边低语；云分明在山尖上徘徊，感觉仿佛就要飘落下来。 山妹挽着我的胳膊，等于挽住了我的魂魄。 被她抢先，我便不能揽腰，只能“揽月”了。 心不可能无动于衷，却努力表现着理智者的风度。 难为情，就是情；只得意，不忘形。 谈古论今，掩饰冲动；吟诗作赋，压抑激情。 山妹说走不动了，眼面前竟神奇地拥有了一片草坪，落了一地春日的碎影。 坐自在，卧自由，仰面朝天，四肢舒展，窥视树梢上的天蓝云白，偷听脚底下的溪呻流吟。 陶醉中没有了鸟语，只有喁喁私语；没有了花香，只有淡淡体香。 不料想山妹话多，话里有话，却不是了话，是禅，是谜语。心空一如晴空，烦心事一扫而去。无须参禅、猜谜，心是源头的活水，清澈里唯有清澈，明白里唯有明白。风景这般独好，风情此刻最妙。动人的诗不在嘴上，不在书里，在此时此刻的分分秒秒里。人是高级动物，高级动物也是动物。理智束缚人，却也放纵人，不需要理由，却有一百条理由备用。素以理智自诩，所以失恋比失去理智更容易。然而——十六年前的那个刻骨铭心的日子注定要我刻骨铭心。理智是拦洪的坝，坝将崩溃的一刹那，一声狗吠，狗已奔到了跟前。我相信那是天狗。传说天狗吃月亮，所以月食。过后想，没有天狗，也有天意！

一身冷汗。坐起来，立起来，走起来。走的是回头路，一前一后，走得很慢，很不情愿。山妹不言语，我竟也语塞。过一片荷田时，我说：“来时不记得有荷田。”山妹不接话，站住。我也站住，回首。山妹看着荷说：“哥，我爱你！”我不惊讶，却也不心安理得。也对着荷说：“不要爱我。”不是我想说的，却是出自我的口。我的理由如下：“一、我没有资格，因为我已婚。二、你有资格，却不能草率，因为你未婚。三、一张白纸，好写最新最美的文字，好画最新最美的图画。你是白纸，我不是。即便我是，也是漂白的，不能与你同年而语。四、我了解你，你不了解我。了解你是因为我年长，看着你长大，比你阅历多；不了解我是因为你年龄小，你心里的我多一半是个传说。传说再美，还是传说。五、你的话，我害怕。发乎心，止乎礼，受伤害；发乎心，不止乎礼，更受伤害。此中玄机，岁月会告诉你。六、你的眼里阳光明媚，可眼睛会骗你！看见我一脸阳光，是因为你一直站在我正面，实际上我也有阳光照耀不到的地方。七、爱需要承诺。我如果给你承诺，可能有两个结果，你却只能有一个选择。践诺或者食言，你要哪一个？八、爱需要担当。不是我不担当，是我不能担当。就像银行贷款，需要担保，不是谁都愿意担保，也不是谁想担保就能担保。担当是个双刃剑，弄不好两头受伤。九、爱是你的权利，但权利如果放大，容易头脑发昏。爱一朵花，你伸手可折；爱一尾鱼，也可能捕获；爱一轮水中月，结果会怎样？十、……”山妹阻止我往下说。不说不等于不存在。我不知道山妹是不是初恋，却知道我的话句句是箭。正惶恐，山妹竟安慰我：“是我不好，明知道那三个字不能出口，可憋着更难受。别担心我，我是个傻丫头，总说错话。”我还能说啥？注视了山妹良久。

走。人生是条路，不能不走。到了公路边上，山妹挽留我再住一晚，我笑道：“不能住了，我说我理智，不是骗你，是骗我。鸟为食亡，知道为什么吗？”一辆班车停下，我上了车。车上空荡荡的，乘客只有三五个。我选择了后座。头伸出车窗想要告别，山妹却坐在了身边。她说她星期一换休，忽然很想回家。一路顺风，一路无话。车到灞河桥头，山妹要下，我也该下。我是想送她。从桥头到她家，要穿越一望如海的麦田，田间的小路若有若无。一路走，一路悦目。风摆杨柳枝，摆出万种风情；日落白鹿原，落下一抹晚霞。我顺口背了两句唐诗：“夕阳无限好，只是近黄昏。”山妹却感叹：“黄昏真美啊！”春日田野的黄昏确实如诗如画。止步，端立，两人都沉醉黄昏了。山妹背靠了一棵伟岸的白杨树，闭眼沐浴残阳晚照。我就感慨：“青春的美，才是真正的美！”山妹转身，一双水眼忽闪着问："能不能抱一下我？"天真如天使。我笑道："不行，得抱两下。"都哈哈大笑，笑声远去，惊动了村口一伙妇女，手搭凉棚，向我们瞭望。坦然，怡然，自然而然。丢开手，她说："欠一个。"我竟糊涂："欠了啥？"山妹跑去。

晚上，我正写作，门砰砰响。家里人多房少，我每次回县，都借住城外，算是"别墅"吧。距离山妹家，来去十分钟。我不喜欢送往迎来，每次回县都是潜伏，所以断定敲门者是山妹。开门，没有悬念。山妹一袭白裙。我笑道："你是狐吗？"她摆了手，说："是鬼！"真就一脸狐相。我说："鬼，请坐。"我声音很小，山妹耳语："我是狐，你是鬼，胆小鬼！"又补了一句："我爱胆小鬼！"我继续笑："胆小鬼不可爱，可憎！"她拿起我没写完的文章，读了一段，说："是写狐吗？"放下，去掀开窗帘，说："你看月亮多美，何必拒于窗外？"窗外的月比昨夜显得更圆满。山妹叹一口气，说："你是为我好，我懂！可你懂我吗？"我是不懂。可我理解她。我其实并不知道山里的那一席话是否该说，是对还是错。世界上很多道理唯独在男女之间不是道理。当下最美，可过了当下呢？往前的路不论怎样走，当下怎样走，不容回避。山妹这时候来，在意料之外，也在预料之中。该不该来？问题是来了。如果我今夜顺从迎合，过了今夜呢？我不高尚，可也不卑鄙；我不保守，可也不放纵。我拒绝，只因为我年长。她既然叫我哥，我就做哥吧。我知道，即使这样，哥也做不长久。男女之间，这是宿命。她可能理解我，也可能不理解我。实际上，理解如何？不理解又如何？"千江有水千江月"，那是月吗？人间只有一轮月，还在天上。亦幻亦真，却令天下多少男女如痴如醉？我不是清醒，也不是逃避，我只是做了一种人生的选择罢了。所以，那一晚山妹与我拥别时说：“哥，你是好人。”我不知道该说啥。过后，我自问：“我是好人吗？”苦笑。

一周后，我收到了山妹的长信。我预料会有这封长信。信是心灵的密使。此次山行，是天的安排，也是山妹的安排。她说很美好，也很失落。我看见纸上有斑斑泪痕，自己竟也落泪。山妹说我不爱她，如果爱，就不会那样。她设问：“如果我貌若天仙呢？”唉，男女之间不被理解，就注定被误解。我真想提笔一一分辩，已铺开了稿纸，却又将稿纸推开。山妹不是天仙，但在我心里就是天仙！是天仙，我“就不会那样”吗？“不会那样”，我还是“好人”吗？有一个道理明摆着：做出一个新承诺，必然违背一个旧承诺。人世间有例外，可我能例外吗？

我没有回信，结果是山妹再无音信。七八年后，办公室来了一位不速之客，女，似曾相识，却想不起是谁。一杯茶递过去，我认出了是山妹。脸上已没有酒窝，但还是唤起了记忆。她递给我一张求职履历表，我才知道她不但上了名牌大学，而且即将拿到硕士学位。留她吃饭，她没有推辞。互留了电话号码，她没有再联系。一次偶然的机会，知道了她的下落，给她供职的一所高校教研室去电话，听声音接电话的分明是她，却说上课去了。可能是她，也可能不是她，我多心了吧？放下话筒，我却笑了。不是苦笑，是会心地笑。她之拥有今天，难道与我无关？如果当年顺水推舟，结果又会怎样？好在人生没有如果，只有选择。一切烟消云散，剩下的也只有咏叹了。

毕竟是同一座都市，总有些信息互相交叉。她似乎又读了博，可能嫁了教授。她是孝顺女儿，把父母接到了身边。她的父亲是我的老师，时常想去看望，却始终没有成行。往事如烟也罢，不如烟也罢，最明智的，或许就是忘却。

可能有人说我狭隘。有时候狭隘比自作多情更值得回味。男女之间应该有友谊，甚至可以友谊万岁，可友谊不是万能胶，并不能黏合一切。随心，随缘，随遇而安，才可能心安。我写这篇文章，只是为了给忘却一个理由罢了。至于山妹，我祝福她，永远。